KB117273

내가 나에게

내가 나에게

지은이 김건주
펴낸이 임상진
펴낸곳 (주)넥서스

초판 1쇄 인쇄 2020년 2월 25일
초판 1쇄 발행 2020년 3월 2일

출판신고 1992년 4월 3일 제311-2002-2호
10880 경기도 파주시 지목로 5
Tel (02)330-5500 Fax (02)330-5555

ISBN 979-11-6165-895-7 03810

www.nexusbook.com

내가 나에게

지식 유목민 **김건주**의 치유 에세이

넥서스BOOKS

프롤로그

늦은 가을 어느 날, 깊은 향을 자랑하는 커피 한 잔과 함께한 만남이 이 책을 쓰는 까닭이 되었습니다. 홀로 인생길 걷는 이들을 향한 이야기가 필요하다고 설득하는 이가 있어 이 책을 쓰게 되었습니다. 이야기의 필요성을 인정하면서도 내가 써야 할 까닭을 알지 못해 "왜 내가 써야 하나?"고 물었더니, 이미 이야기하고 있으면서 글로 쓰는 것을 피하는 까닭이 무엇이냐고 되물어왔습니다. 홀로 인생길 걷는 이들만을 향한 이야기는 아니었는데, 나를 포함해 인생길 걷는 모두를 향한 이야기였는데... 그에게는 그렇게 들려왔나 봅니다. 그가 홀로 걷고 있다고 생각해서 그랬겠지요.

이야기가 주는 힘이 있지요. 이야기가 주는 위로가 있습니다. 이야기가 주는 깨달음이 있습니다. 전체를 이해하지 못해도 괜찮습니다. 달리 이해해도 상관없습니다. 이해가 목적이 아니니, 굳이 이해를 위해 애를 쓸 필요가 없습니다. 잠시라도, 조각이라도... 나를 돌아보고 나를 살필 수 있으면 그것으로 충분합니다.

바쁜 걸음에 자기에게 자주 인사하지 못한 이라면 여기 담긴 이야기들을 통해 자기에게 인사했으면 합니다. 잘 지내고 있었는지 말을 걸었으면 합니다. 자기 눈이 자기를 볼 수 없음에 우리는 자주 자기를 놓치고 삽니다. 눈에 보이는 이들은 챙기고 살면서도, 자기를 챙기는 일에는 소홀합니다. 헤어진 연인보다 잊힌 연인이 더 슬프다고 하지요. 늘 함께 있으면서도 잊힌 채 사는 자신과 만나야 합니다. 만나지 않으면 알 수 없고 오해만 쌓이다 잊힙니다.

오롯이 자신만을 위한 커피 한 잔의 여백도 즐기지 못하는 이라면, 꼭 여기 담긴 이야기들을 읽었으면 합니다. 오롯이 자신을 위해서 말입니다. 소중한 것을 소중하게 여기고 대하는 것이 우리 인생을 인생답게 합니다. 덜 소중한 것 때문에 가장 소중한 것을 잃어서는 안 됩니다. 내가 없으면 모든 것이 있어도 아무런 소용이 없습니다. 자기를 소중히 대하지 않으면 인생을 소중히 대하지 않는 것입니다.

받아든 숙제를 해결해야 하는 사람이 되어 쓴 작은 이야기들... 쓰고 나니 이야기 속에 담긴 내가 보였습니다. '이렇게 살고 있었구나. 그런데 모르고 있었구나. 자주 인사하고 이야기해야겠다'라고 다짐했습니다. 나를 위해 살 수 있어야 다른 이를 위해서도 살 수 있음을 다시금 마음에 새기고, 나를 쳐다봅니다. "수고 많았어요. 오늘을 응원합니다!"

자기를 향한 응원과 격려가 필요한 이 땅의 모든 '나'를 향해 작은 이야기들을 건넵니다. 자기만의 인생 이야기를 쓰고 있는 모든 '나'에게 인사합니다.

"수고 많으셨습니다. 오늘을 응원합니다!"

추천의 글

○

김건주의 눈은 예리하지만 웅숭깊다. 그의 가슴은 뜨겁지만 날뛰지 않는다. 그의 영혼은 맑지만 비겁하지 않다. 김건주는 그런 사람이다. 그래서 그의 글은 그대로 김건주의 인격이고 삶이다. 그의 통찰력은 이미 여러 책을 통해 나타났고 높이 평가받았다. 그러나 그는 늘 겸손하고 다감하다. 특별히 젊은이들에 대한 그의 깊은 관심과 애정은 요란하지 않되 조금도 가볍거나 삿되지 않다.

이 책에서 김건주의 글은 어떤 곁가지도 달지 않아서 간결하지만 응축된 사유와 성찰을 통해 길어낸 위안과 격려의 대화로 가득하다. 대화는 독백이 아니다. 그는 결코 제3자의 입장에서 말하지 않는다. 그는 먼저 자신에게 고백한다. 그리고 바로 앞에서 두 손 마주 잡으며 자신의 성찰을 건네고 당신의 말을 경청한다. 그의 글들은 사변에 의존하지 않고 통찰과 공감으로 곱게 짠 보자기다.

단 한 줄의 설교도 훈계도 없이 내가 나에게, 나 같은 너에게 고스란히 고백하는 삶의 성찰은 어쩌면 그래서 우리가 연대하고 있음을 조용히 일깨우는 메시지일 것이다. 무맛처럼 담백하지만 씹을수록 달디 달고 시원해지는 소생의 언어들이기 때문이다. 김건주는 그렇게 사람과 세상과 삶에 대해 사유하고 글로 빚어내는 사람이다. 빛나는 글보다 더 깊은 울림을 주는 건 진심과 사랑의 글이다. 그는 그런 사람이고 그런 글을 빚어냈다.

"인생의 밤, 하룻밤이라고 하기에는/너무 길고 너무 검은 밤/그 깊은 밤을 지나야 할 때가 있습니다"라는 고백은 절망이 아니라 희망의 노래다. 그의 간절한 기도다. 그래서 나는 그의 글을 단 한 줄도 스치듯 읽을 수 없다. '봄볕 좋은 날'에 "벚꽃처럼 짧은 만남이어도/영원처럼 오랜 설렘을 남기는 만남"처럼 그의 모든 문장이 꽃바람처럼 나비의 날갯짓처럼 내 가슴에 박힌다. 내가 당신이고 당신이 곧 나이기에. 경건하되 비감하지 않은 기도처럼.

김경집 교수
《인생의 밑줄》, 《인문학은 밥이다》의 저자

○

아주 오랜만에 가볍지만 가볍지 않은 책을 읽었습니다. 담백하면서도 깊이 있는, 무심코 읽었는데 이내 생각에 빠지게 하는 그런 책입니다. 딱딱한 전공 서적을 주로 읽어온 제겐 모처럼 산뜻하고 행복한 책 읽기였습니다. 그래서 반가웠고, 기쁜 마음으로 이렇게 추천의 글을 쓰고 있습니다.

지난해 늦가을 〈'나 홀로 사회'의 사회학〉이라는 칼럼을 쓴 적이 있습니다. '나 홀로 사회'는 오늘날 우리 사회에서 인구학적으로, 그리고 사회 · 문화적으로 나타날 수밖에 없는 현상입니다. 하지만 모든 것에 명암이 있듯, '나 홀로 사회'에도 빛과 그늘이 있습니다. 나 홀로 삶은 개인에게 자유로움을 선사합니다. 하지만 동시에 외로움도 안겨줍니다. 우리 인간은 때때로 고독해야 하지만, 이 고독을 그대로 놓아둬서도 안 될 것입니다. 인간은 본디 혼자 살아가는 동시에 더불어 살아가는 존재이기 때문입니다. 그런데 이 외로움을 극복할 방법 중 하나가 여기에 있는 듯합니다. 《내가 나에게》라는 이 책을 두고 하는 말입니다. "안녕하세요? 잘 지내시지요"라며 '내가 나에게' 안부를 묻는 글은 사회라는 치열한 전투에서 살아 돌아온, 살이 찢어지고 헤어져 만신

창이가 된 나를 살포시 안아주며 토닥토닥 위로하는 듯합니다. 또, '꼰대의 침대'라는 글은 혹여나 내가 그런 모습이 아닌지를 정직하게 돌아보게 하는 듯합니다. 이렇듯 이 책은 내가 나에게 건네는 이야기들을 조용히, 그리고 공감을 더해 전해주고 있습니다.

오늘날 우리 사회는 희망보다 불안을, 소통보다 절벽을, 연대보다 분노를 더 느끼게 합니다. 어떻게 하면 우리는 불안보다 희망이, 절벽보다 소통이, 분노보다 연대가 넘치는 사회로 나아갈 수 있을까요? 세상의 중심은 '나'입니다. 세상이 내게로 오는 게 아니라 내가 세상으로 나아가야 합니다. 저자는 자신에게 말을 걸고, 이 말을 통해 다른 이에게로, 그리고 세상으로 나아가고 있습니다. 나를 안아주고 응원하는 책! 이 책《내가 나에게》를 읽으며 부디 자신의 상처를 어루만지고 흉터가 남지 않도록 '나'를 잘 돌아볼 수 있기를 소망합니다.

김호기 교수
연세대학교 사회학과 |《세상을 뒤흔든 사상》,《예술로 만난 사회》의 저자

○

"현진아, 안녕? 잘 지내지?"

50년을 살면서 처음으로 나는 내 이름을 부르며 안부를 물었다. 그러곤, 나에게 인사한다는 것이 이토록이나 떨리는 일이라는 걸 처음 알았다.

"안녕, 잘살고 있니? 불편한 것은 없어? 하고 싶은 것은 뭐야?"

일 중독에 걸린 사람처럼 쉬고 있으면 죄책감을 느끼는 내게 이 책은 충분히 충전할 시간을 선물 받을 만한 사람이라고 말한다. 안도의 한숨이 나왔다.

"수고 많았어. 살아내느라 참 애썼어. 그것으로 되었어. 고마워."

"나와 함께한 시간 모두 눈부셨다.

날이 좋아서. 날이 좋지 않아서. 날이 적당해서. 모든 날이 좋았다."

"이제부터 진짜입니다.

이제부터 걷는 걸음이 내가 원하는 것을 완성하는 걸음입니다."

이상하게 참 쉬운 말들인데, 남한테 했던 말들을 내게 하지 못했었다. 그리고 책을 읽는 내내 떠오르는 제자. 우울증을 앓고 있는 그 제자가 자신과 화해할 수 있는 시간이 되길 바라며 《내가 나에게》라는 이 책을 선물해야겠다고 생각했다.

"넘어져도, 뒤뚱거려도 괜찮으니 너의 길을 걸으렴."

《내가 나에게》는 사랑의 전염성이 있다.

스스로 다정한 말을 거는 낯섦을 통해 내가 좋아지는 글이기에.

박현진 건축사

온디자인건축사사무소 대표 | 홍익대학교 겸임교수

○

사회에 나온 후 지금까지 다큐멘터리스트로 여러 현장을 다니며 열심히 달려온 것 같습니다. 어떻게 보면 꿋꿋하게 한길만을 보고 온 것 같겠지요. 하지만 저는 마라톤 주자가 아니라 단거리 주자였습니다. 전력 질주하고 뒤돌아보고, 다시 질주하고 뒤돌아보고... '내가 잘 달려가고 있는 것인가?'에 대한 확신이 없기도 했고, 제대로 가고 있는지 확인이 필요했습니다. "보통 사람의 일상적인 삶을 사는 게 제일 힘든 거 아냐?"라고 동료 PD들과 진지한 농담을 나누기도 했습니다. 이 책, 《내가 나에게》는 이런 나에게 응원의 메시지를 주었습니다.

'도전해라!', '하고 싶은 것은 뭐야?', '너는 너로서 살아가면 돼.'
40대에 들어선 이후 누구도 말해주지 않았지만, 내가 듣고 싶었던 응원의 말을 이 책을 통해 들었습니다. "내 삶을 온전히 긍정하고 나답게 살아가라!" 오랜 친구의 응원 같았습니다. 가끔 나 자신에 대한 확신이 흐려져 응원과 치유가 필요할 때, 이 책을 다시 펼쳐야겠습니다. 이제는 질주를 멈추고 좀 더 여유롭게 내가 왔던 길과 앞으로 갈 길을 바라볼 것입니다.

신정화 PD
JH프로덕션 대표 | 다큐멘터리스트

○

오랜만에 만난 친구와 커피를 마시면서도 스마트 폰에서 눈길을 떼지 못하고, 음식을 먹기 전에는 으레 인증 샷부터 찍는 모습은 우리의 일상에 낯설지 않은 풍경으로 자리 잡고 있다. 각자 개인의 삶에 충실하기보다는 타인의 시선을 의식하고 자신의 감정보다 대중의 분위기에 나를 구겨 맞추는 일이 오히려 익숙하고 편하다. 이렇게 자신의 내면의 목소리를 잃은 채 오늘을 살아가는 수많은 고독한 '나'를 향해 저자는 연필로 꾹꾹 눌러쓴 듯한 절절함을 담아 진솔한 이야기를 전하고 있다. 일상에서 쉽게 터부시되는 깊숙이 숨겨놓은 자신의 감정에 솔직하라고 다정하게 설득하며, 동시에 허상을 부추기는 현대 사회의 구조와 시스템에 단호한 일침을 가한다.

저자는 실질적으로 말과 삶이 다름을 경계하며 자신을 독려함을 기준으로 삼고 있는 듯하다. 진실한 말은 사실과 일치하는 말이 아니라 자기 자신의 삶과 일치하는 말이라고 강조한다. 머리로 아는 파편이 된 수많은 앎이 심장을 뛰게 하고, 나만의 심 박자에 맞춰 자신의 길을 걸어가라고 혼신의 힘을 다해 응원하는 그의 이야기는 저자 역시 그러한 삶을 살고 있기에 더욱 파워풀하게 다가온다.

감동을 주지 않는 일에 감동하는 척하며, 이해되지 않는 상황을 이해하는 척하는 인생이 아는 척, 가진 척, 착한 척 등 수많은 '척'이 만연한 세상을 사느라 허비한 시간을 이젠 과감히 멈추어야 할 때다. 목적 없는 분주함을 멈추고 내면의 안과 밖을 바라보는 시선과 방법을 공유한《내가 나에게》와 함께 진짜 '나다움'을 발견할 시간을 누려야 할 때다. 하루를 살아내며 나를 마주하는 용기와 격려가 필요할 때 언제든 수시로 읽어야겠기에《내가 나에게》를 책장이 아닌 가방에 넣어본다.

조흔정 선생
이어드림 대표 | 역사 큐레이터

contents

PART 1.

토닥토닥, 위로의 방

PART 2.

아자아자, 응원의 방

PART 3.

두근두근, 설렘의 방

PART 4.

도란도란, 나의 이야기

PART 1.

토닥토닥, 위로의 방

그러나 나의 시간이
나를 배신한 적은 없었다

사람이 다른 존재와 다른 건,
다른 사람을 자신과 같은 존재로 존중함에 있습니다.
그런데 요즘 세상은 이런 당연한 모습이
슬프게도 낯선 풍경이 되었습니다.

정글 속 동물들처럼 생존을 위해 경쟁하는 관계
얼굴을 보며 웃지만 돌아서면 얼굴을 잊어버리는 관계
접속과 차단이 자유로운 관계

이런 모습이 일상이 되어버려서 그런지
일상이어야 할 모습이 낯선 풍경이 되어버렸습니다.

밝게 웃으며 다가왔지만 돌아서서 비웃고,
선배라고 불렀지만 돌아서서 험담하고.

그러고 보니 나라는 사람이
참 바보처럼 보였겠다 싶습니다.
참 쉬운 사람, 참 우스운 사람, 단세포처럼 보였겠다 싶습니다.
디딤돌로 삼기 쉬웠겠다 싶습니다.

그래요, 내가 바보가 되어줄게요.
그래서 당신이 행복할 수 있다면.

하지만,
이것만은 분명히 전해주고 싶네요.
나의 시간이 나를 배신한 적은 없었다는 것을.
나를 만드는 나의 시간이 나를 배신한 적이 없었다는 것을.

나에게 나는,
당신이 나에게 보여준 모습으로는
절대 대하지는 않을 겁니다.
속이지도, 비웃지도, 비난하지도 않을 겁니다.
나는 나를 존중하고 소중히 대할 겁니다.

시인 안도현이
'너에게 묻는다'라는 시를 통해서 했던 이야기를
당신에게 들려주고 싶네요.
하얗게 변해버린 연탄재라도 함부로 차지 마세요.
자기 몸 활활 태워 다른 이를 뜨겁게 했던 존재입니다.

정말 솔직하게 당신에게 묻고 싶습니다.
당신은 누구에게 한 번이라도 뜨거운 사람이었는지 말입니다.

따뜻함이 필요할 때
나를 기억해 주었으면 좋겠습니다.
정글에서 살려면 진짜 친구가 필요합니다.
경쟁자가 아닌, 도구가 아닌 진짜 친구 말입니다.

홀로
사람일 수 있을 때

나의 존재를 나타내는 이름 '인간(人間)'.
'사람들 사이에 있는 사람'이란 이름입니다.

홀로 사람이지만
홀로 사람으로 살아갈 수 없습니다.
그래서 사람들 사이에서 삽니다.
그런데 사람들 사이에서 사는 것이 버겁습니다.

얼마나 가까워야 하는지
얼마나 떨어져 있어야 하는지
얼마나 솔직해야 하는지
얼마나 숨기며 살아야 하는지
얼마나 말해야 하는지
얼마나 침묵해야 하는지

저마다 다른 사람이듯,
저마다 다른 거리를 두고 살아갑니다.
그래서 때로 아쉽고, 때로 버겁습니다.

최적의 거리,
홀로 사람이면서 함께 사람일 수 있는
최적의 거리가 있습니다.
내가 나일 수 있고,
서로 우리일 수 있는 거리.
그 최적의 거리를 찾아서
나는 오늘도 또다시 이동합니다.
날마다 달라지는 좌표를 찾아 이동합니다.

저마다 다른 사람이듯,
저마다 다른 좌표에 서 있어야 합니다.

자기가 서 있어야 할 좌표를 찾지 못해
내가 서 있어야 할 자리에 있는 당신에게 말합니다.

당신의 자리를 찾아 움직여 주세요.
거긴 나의 자리,
당신과 나는 다른 사람.
같은 자리에 함께 있어야 할 존재가 아니랍니다.

홀로 사람일 수 있는 자리에 서야만,
서로 사람일 수 있는 자리에 설 수 있습니다.
모두 자기가 자기 되는 자리를 찾아
그 자리에 서서 살아가야 합니다.

'인간(人間)' 이란 '사람들 사이에 있는 사람' 이란 이름입니다.
홀로 사람이지만, 홀로 사람으로 살아갈 수 없습니다.
그래서 사람들 사이에서 삽니다.

홀로 사람이면서
함께 사람일 수 있는 최적의 거리.
내가 나일 수 있고,
서로 우리일 수 있는 거리…

정글이 다시,
사람 사는 세상이 되려면

사람으로서
마땅히 지켜야 할 도리(道理),
사람과 사람 사이
관계에서 지켜야 할 도리가 있습니다.

그 도리가 의리(義理)입니다.
신의(信義)라 부르기도 합니다.

의리가 무시되고
신의가 무너지면
사람 사는 세상은 정글이 됩니다.

이기기 위해 무엇이든 하는 사람
이기기 위해 무엇이든 하는 세상

사람으로 살고 싶은데
정글이 되어버린 세상

이기기 위해 의리를 버리는 사람
이기기 위해 신의를 버리는 세상

정글이 다시,
사람 사는 세상이 되려면
사람으로 살아야 합니다.

내가 사람일 때
나는 정글이 아닌
사람의 세상에서 삽니다.

정글에 어울리는 이들은
정글로 가야 합니다.

나의 세상에는 사람이 삽니다.
의리와 신의가 상식인 사람이 삽니다.

사람인 사람
사람에게 사람인 사람
그런 사람이 사는 세상

나의 세상에는
사람이 삽니다.

정글에 어울리는 이들은
정글로 가야 합니다.

고운 빛에
눈물이 흐른 까닭은

하늘빛이 고운 날,
까닭 모를 눈물이 흘렀습니다.

쌓이고 쌓인 감정이
누르고 있던 무엇을 밀어내고
존재를 드러냈습니다.

아픕니다.
아픔을 만나 아픔을 느끼기에 사람입니다.

눈물 흘리지 않는다고
아프지 않은 건 아닙니다.
참고 있을 뿐입니다.

그러니 아프게 하지 마세요.

살고 죽는 일 아니면,
굳이 그렇게
아프게 하지 마세요.

함께 살고
함께 일하는 것이
까닭 없이 아픔이 되게 하지 마세요.

사람에게 사람이
사람일 때
그래서 서로 사람일 수 있을 때
고운 하늘빛에
눈물 흐르지 않습니다.

성공이 뭐든
사람에게 사람일 수 없다면,
고운 하늘빛에
눈물 흐를 수밖에 없습니다.

아닙니다.
그대 탓이 아닙니다.
내 탓입니다.
내 나이 탓입니다.
내 여려진 마음 탓입니다.

당신을 탓하는 나의 말에 아파하지 마세요.
당신 탓이 아닙니다.

고운 빛에
눈물이 흐른 까닭은
내 여려진 마음 탓입니다.

꼰대의 침대

내가 아닌 내가 되라고
주문하는 까닭이 무얼까
생각하면 생각할수록
떠오르는 것은
꼰대라는 단어입니다.

원래 그런 거라고.
다들 그런 거라고.

아니,
아닙니다.

틀린 것을 바로잡는 거라면,
바로잡아야 합니다.
잘못된 것을 고치는 거라면,
고쳐야 합니다.

하지만,
다른 것을 다르지 않게 하라는 것은
꼰대의 주문일 뿐입니다.

자기 몸에 맞는 침대에
나그네의 몸을 맞추었던
프로크루스테스(Procrustes).

침대를 늘이지 않고
나그네의 몸을 잡아 늘이고,
침대를 자르지 않고
나그네의 몸을 잘라 버렸던
프로크루스테스(Procrustes).

딱 맞는 침대에
몸을 맞추라는 꼰대.

막상 다르지 않으면
굳이 우열을 따져
하나만 남기는 세상.

꼰대의 세상에서는
꼰대가 기준입니다.

다른 것이 다른 것이 아니라
고치고 싶은 것으로
보이기 시작하면 조심해야 합니다.

나도 어느새 꼰대의 침대에
익숙해지고 있습니다.

그때의 일은
기억의 몫으로 넘기고

하던 일이 덜컥 장애물에 부딪히면
기억 구석 한편에 숨어 있다가
불쑥 나타나는 후회가 있습니다.

그때 도전했더라면.

지금 만나는 어려움이
그때 도전하지 않음으로
겪는 것으로 여기고 싶은지,
나의 시선은
오늘에 머물지 않고
그때로 이동합니다.

시선은 이동해도
나는 여전히 오늘에 있는데,
시선과 생각은
오늘의 무게를 피해
그때로 이동합니다.

이렇게 오늘 머뭇거리다가
지금 도전하지 않으면
시간이 흐르고
지금을 돌아보며
또다시 이야기할 수밖에 없습니다.

그때 도전했더라면.

시선과 생각은
그때로 이동할 수 있지만,
나는 오늘에 있고
내일을 향해 걸어가고 있기에
그때의 일은
기억의 몫으로 넘기고
나는 오늘의 나를 다독이며
오늘의 걸음을 걸어야 합니다.

지금 도전할 것은
지금 도전해야 합니다.

기억하고 싶은 것과
지우고 싶은 것에 대한 고찰

작고 얇은 동전에도
다른 모습의 양면이 있듯,
오늘 흐르는 하루에도
양면이 있습니다.

기억하고 간직하고 싶은
좋은 일로만 가득한
오늘이면 좋을 텐데
반대 면의 일도 경험합니다.

기억하고 싶지 않은
말과 표정,
기억하고 싶지 않은
상황과 사건.

오늘도 이렇게
삶의 양면 사이로
흐릅니다.

기억하고 싶은 것은
지워지고,
지우고 싶은 것은
지워지지 않는
안타까움.

오늘은 이렇게
삶의 양면을 기억으로 남기며
마무리됩니다.

양면의 오늘
오늘의 양면

나의 오늘에는
양면이 있습니다.

천년의 무게를
내어 뱉으며

길게 한숨을 내어 뱉습니다.
턱하고 막힌 숨.
높은 담장으로 막힌 길.
하루를 열심히 걸었는데
뱅글뱅글 제자리걸음.
미로처럼 끝을 찾을 수 없는 길.
스치는 이들은 모두 표정이 없습니다.
시선을 맞추는 이조차 없습니다.

이런 하루는 하루가 아닙니다.
하루이지만 하루가 아닙니다.
천년처럼 느껴지는 하루.

이런 나를 향한 위로의 노래가 있습니다.
크게 한숨을 뱉어보라고 이야기하는 노래.

숨을 크게 쉬어봅니다.
천년처럼 느껴지는 하루와 헤어지며
크게 숨을 뱉어봅니다.

내 안에 남은 것이 없다고 느껴질 때까지
크게 숨을 뱉어봅니다.

천년의 무게를 내어 뱉으며
크게 한숨 쉬어봅니다.

누구에게 보여주기 위한
한숨이 아닌,
누구에게 이해받기 위한
한숨이 아닌,
나를 위한 한숨을 크게 뱉어봅니다.

천년의 수고를 한 하루.
참 길었던 하루.
수고 많았던 하루.

긴 하루를 통과한 나는,
새로운 하루를 향해 걷습니다.
한숨 필요할 때
크게 내어 쉬며
새로운 하루를 걷습니다.

턱하고 막힌 숨.
높은 담장으로 막힌 길.
미로처럼 끝을 찾을 수 없는 길.

누구에게 보여주기 위한
한숨이 아닌,
누구에게 이해받기 위한
한숨이 아닌,

나를 위한 한숨을
크게 뱉어 봅니다.

삶의 역설

타인의 실수에는 그럴 수 있다며
다독이면서도,
나의 작은 실수는
왜 이리도 다그치며 안절부절못하는지.

주변 모두가 그 정도면 괜찮다고 해도
고개를 가로저으며
아니 부족한 것이 많다고 하는지.

의기소침해하는 후배에게
완벽한 사람은 없다며
모두 실수하며 성장하는 거라고 격려하면서도,
왜 이리도 자신에게는 혹독하기만 한지.

완벽한 사람은 없다고 말하면서도
완벽한 사람이 되기 위해 안절부절.

항상 잘하지 않으면
지금까지 쌓아온 것이 무너질까 전전긍긍.

안절부절 전전긍긍
그런 모습이 마음에 들지 않아
이건 아닌데 하며 다그치고.

항상 잘해야 한다는 생각에 갇혀
쉴 틈도 없이 달리라고 채찍질.

완벽해질 수 없음을 알면서도
이리도 완벽해지려고 애를 쓰는 것은,
경쟁에서 뒤처지면 안 된다는
삶의 압박과 무게가 만들어 낸 슬픔입니다.

항상 잘할 수 없음에도
항상 잘해야 한다고 생각하는 것은,
나를 위해 좋은 것도 아니고
옳은 것도 아닙니다.

역설 아닌 삶의 역설.
항상 잘해야 한다는 생각을 내려놓을 때
내가 그리도 되고 싶은
완벽한 사람에 한 걸음 더 가까이 다가서는 역설.
그 역설을 이제는 나에게 적용해야 합니다.

불편하지만,
극복하고 싶지만

남들 다 하는데
나만 하지 못하는 것이 있어
내가 미울 때가 있습니다.

다들 그렇게 맛있다며 먹는 간장게장을
나는 먹지 못합니다.
간장게장을 맛있게 먹었던 때가
내게도 있습니다.

유별나게 맛있던 간장게장을 먹고
심하게 탈이 났던 그날 이후
나는 간장게장을 먹지 못합니다.

남들 다 하는데
나만 하지 못하는 것이 있습니다.

간장게장 같은 사람도 있고
간장게장 같은 장소도 있고
간장게장 같은 시간도 있고
간장게장 같은 사물도 있습니다.

불편하지만
이미 내가 되어버린 것들.
극복하고 싶지만
극복할 수 없는 내가 되어버린 것들.

남들도 모든 것을 다 하며 사는 것 아니고
남들도 모든 것을 다 할 수도 없는데,
남들 다 하는 것을
나만 하지 못한다고 해서
미워할 까닭이 없습니다.

누구도 예외 없이
오늘 자기 모습으로 살아가면 됩니다.
내가 아닌 내가 되기 위해
힘들이지 않아도 됩니다.

불편한 것은 불편한 것으로,
극복할 수 없는 것은 극복할 수 없는 것으로,
나는 나로서 살아가면 됩니다.

아픔이
아픔의 끝을 만나고

아픔만큼 성숙해진다
아프니까 청춘이다
이런 이야기를 들으면
'그래, 그렇지!'라고 고개를 끄덕이면서도
왜 나는
나의 아픔에 대해서는 이리도 야박한지.

누가 나의 아픔을 알까
아무도 모를 거라고 생각하면서
진작 나조차도
나의 아픔을 알려고 하지 않습니다.

이만하면 되었다고
다들 아픈데도 참고 사는 거라고
연고 바르고 밴드 붙이고
진통제 먹고 소염제 먹으며 사는 거라고.

충분히 아파할 시간이 없으면
아픔이 치유되지 않는다는 것을 알면서도
왜 나의 아픔에 대해서는
퇴원 예정일을 한참이나 남기고
서둘러 퇴원하는 사람이어야 하는지.

아픔이 버거운 것만큼
아파하는 시간이 낯설고 버거워서
아파하는 시간을 피합니다.

이러다 더 깊은 아픔을 만날 수도 있다는
불안과 염려가 있지만
애써 마음 저 구석으로 몰아세우며
아파하는 시간을 피합니다.

아플 때는 아픈 것이 정상입니다.
아플 때는 충분히 아파할 시간이 필요합니다.
충분히 아파야
아픔이 아픔의 끝을 만나고
아픔의 끝을 지나야 아프지 않습니다.

누구의 아픔도 아닌 나의 아픔에 대해
누구도 아닌 내가
아파할 시간을 주어야 합니다.
아프지 않기 위해서 말입니다.

지금 만난
나의 시간의 의미

사면초가(四面楚歌)라는 옛말이
현실이 되어 옥죄듯 겁박해 올 때
숨은 답답하고
생각은 정지된 채
한 걸음도 나가지 못합니다.

이러다가는 모든 것이
스르르 사라져버릴 것 같은 느낌,
염려와 두려움만이 떠나지 않고
오랜 친구처럼 곁을 지킵니다.

무엇을 할 수 있을까요?
무엇을 해야 할까요?

아무리 궁리해도
답답하게 답이 보이지 않는 시간

나는 무엇을 할 수 있을까요?

나치의 강제수용소,
평범한 삶에서는 당연했던
모든 인간적인 것들이 철저히 박탈되는 강제수용소.
남은 것이라고는 오로지
인간이 가지고 있는 자유 중 가장 마지막 자유인,
주어진 상황에서
자신의 태도를 취할 수 있는 자유뿐인
그 죽음의 수용소에서
어쩔 수 없는 시간을 견디어낸 빅터 프랭클은,
나에게 이렇게 말을 걸어옵니다.

산다는 것은 곧 시련을 감내하는 것이며
살아남기 위해서는
그 시련 속에서 어떤 의미를 찾아야 한다고.

그래요.
어쩔 수 없는 시간이지만,
내가 할 수 있는 것을 해야 합니다.
나의 삶을 위해 내가 할 수 있는 가장 소중한 일,
지금 만난 나의 시간의 의미를 묻는 일.

나의 삶의 의미는
내가 찾아야 합니다.
그래야
강요된 의미를 따라 살지 않습니다.

사는 것으로
죽음을 만나다

주위를 돌아보면 어디에나 있는 죽음,
하지만 나의 죽음은 아니기에
안다고 할 수 없는 죽음.

법적인 관점에서 죽음은
사망자 명부에 이름이 기록되는 일상적 사건입니다.

미디어는 아무런 감정 없이
사망자 명부에 몇 명의 사람이
어떤 까닭으로 오르게 되었는지 기록합니다.

예외 없이 모두 죽음을 맞이하지만,
살면서 자기 죽음을 경험할 수는 없습니다.

죽음을 인식할 수는 있지만,
그것은 다른 사람의 죽음이지
자기 죽음을 인식한 것은 아닙니다.

죽음을 경험한다 해도
나의 것으로 겪어본 일이 될 수는 없습니다.

도대체 죽음은 무엇일까요?

인간의 죽음은
단순한 상태의 변화가 아닙니다.
존재의 끝을 의미합니다.

삶이 시작되면 삶의 시간은 점차 줄어들고,
삶은 조금씩 죽음을 향해 나아갑니다.

삶은 얼마나 행복해 보이든지 간에,
언제나 질병과 불행을 동반하고
아무리 큰 행복이라 해도 죽음과 함께 사라집니다.

죽음 앞에서는 모두가 평등하지만,
모든 죽음이 평등하지는 않습니다.

주목받는 죽음,
외면 받는 죽음,
기억되는 죽음,
사라지는 죽음.

죽음이 무엇이냐고 묻기보다는,
삶이 무엇이냐고 물어야 합니다.

삶과 죽음은 이어져 있으니
사는 것으로 죽음을 만나야 합니다.

기회와
시간

기회와 시간은
머물러 기다려 주지 않는다는
공통점이 있음을 알면서도,
생각이 너무 많은 나는
머뭇거리며 망설이다가
흘려보낸 기회와 시간이
많아도 너무 많습니다.

이리저리 생각만 하고
태도를 결정하지 못하고,
선뜻 결단하지 못해
아무것도 행하지 못하고,
자꾸 망설이기만 하다가
스치듯 떠나보낸 기회와 시간이
많아도 너무 많습니다.

내가 머물러 있다고
기회와 시간이 나를 기다리며
머물러 있는 것이 아닌데,

머물러 나를 기다려 줄 것처럼
생각하다가 놓쳐버린 기회와 시간이
많아도 너무 많습니다.

이런 내가 거듭,
기회와 시간을 놓쳐버리는 것은
이미 지나간 기회와 시간이 아쉬워
자꾸만 뒤를 돌아보다가
지금(present) 내 옆을 지나는 기회와 시간이
그 뒷모습을 보인 뒤에야
후회와 함께 바라보고 있어서입니다.

뒤를 돌아보며 아쉬워할 것이 아니라
지금(present) 선 자리를 보고,
지금(present) 앞에 있는 기회와 시간에
반갑게 인사해야 합니다.

주저할 까닭이 없습니다.
망설일 이유도 없습니다.

망설임과 후회는 떠나보내고
지금(present) 나에게 온 기회와 시간과
함께 즐겁게 걸으면 됩니다.

가장 소중한 선물(present)인 현재(present)를 향해
반갑게 인사하고 함께 걸으면 됩니다.

주저할 까닭이 없습니다.
망설일 이유도 없습니다.

망설임과 후회는 떠나보내고
가장 소중한 선물 present인
현재 present를 향해
반갑게 인사하고 함께 걸으면 됩니다.

마음의 문을 여는 손잡이는
안쪽에만 달려 있다

누구도 다른 사람이
어떤 말을 하고 어떤 행동을 할지
미리 알지 못합니다.
그래서 피하지도 못합니다.

하지만,
자신을 깎아내리고
엉뚱한 사람에게 분풀이하며
또 다른 상처를 만드는 것은
얼마든지
피할 수 있습니다.

상처를 일으키는 사건을
나와 관련된 문제로 받아들여
마음이 상할 것인지
아니면 거부할 것인지
선택할 권리는
나에게 있습니다.

마음을 상하게 하는 상황에서
처음 느끼는 것은
상처가 아니라
상처를 받은 것 같은 느낌입니다.

마음의 상처로 남느냐 아니냐는
상대의 말과 행동을
어떻게 받아들이냐에 달려 있습니다.

헤겔의 말처럼
마음의 문을 여는 손잡이는
마음의 안쪽에만 달려 있습니다.
내가 열지 않으면
밖에 있는 사람은
내 마음속으로 들어오지 못합니다.

들어와서는 안 될 사람이
들어오게 하지 말아야 합니다.
들어와서는 안 될 화가
들어오게 하지 말아야 합니다.
들어와서는 안 될 상처가
들어오게 하지 말아야 합니다.

내가
나에게

안녕하세요
잘 지내시지요

이런저런 까닭과 인연 때문에
나의 연락처에 담긴 이들에게
안부를 묻습니다.

소중한 이들에게는
자주
사랑의 마음을 가득 담아
안부를 묻습니다.

그런데
나에게는
안부를 묻지 않습니다.

잘 살고 있겠지
무소식이 희소식이겠지

어쩌다 슬쩍 돌아보기는 하지만
주의를 기울여 살피지는 않습니다.

나에게 낯선 내가 되어서는 안 됩니다.

지금의 내가 되기까지
나의 속에서
나를 지켜보며 응원하며
나의 자리를 지켜주었던 나에게

어떻게 살고 있는지
원하던 것을 이루고 살고 있는지
무엇을 이루며 살고 싶은지

일정표에 표시하고
알람으로 설정하고
어떤 안부보다 먼저 자주
사랑의 마음을 가득 담아서
물어야 합니다.

안녕, 잘살고 있니
불편한 것은 없어
하고 싶은 것은 뭐야

진짜
나를 찾아서

스치듯 지나가는 말인데
나는 왜 그 말을 붙잡고 있는지.
심오한 진리가 담긴 말도 아닌데
왜 이리도 몇 번을 반복해
생각하고 생각하는지.

나를 괴롭히는 것은
그 말이 아니라
그 말을 계속 붙잡고 있는
나라는 것을 알면서도
그 말을 놓지 못하는 것인지.

지나가는 말은 지나가게 해야 하는데
지나가지 못하게 하는 것은
모든 사람에게 좋은 사람이고 싶은
나의 욕심 때문인지도 모릅니다.

그 말에 담긴 내가 진짜 나라면
이렇게 붙잡고 있지는 않았을 겁니다.

그 말에 담긴 내가
진짜 내가 아니었기에
그 말을 바꾸고 싶어
이리도 붙잡고 있었을 겁니다.

그 말에 담긴 내가
진짜 내가 아니면
그 말을 붙잡지 말고
지나가게 해야 합니다.

그 말도
그 말을 한 그 사람도
완벽하지 않음을
이미 나는 알고 있습니다.

지나가야 할 말로
나를 괴롭게 하는 것은
내가 나에게
할 수 있는 가장 바보스러운 일입니다.

지나가야 할 말은
지나가게 해야 합니다.

나를 나답게 하는
가장 좋은 선물

살짝 손가락을 움직이는 것마저
무거운 물건을 옮기는 것처럼 느끼지는 날

몸도 몸이지만
마음마저 움직이기 힘든 날

완전히 방전되어버린 충전지처럼
모든 에너지가 빠져나갔음을 느끼는 날

지쳤다는 말이 가장 어울리는 날

이런 날은 내게는 어울리지 않는다고
이런 날은 내게는 와서는 안 된다고
애써 외면해서는 안 됩니다.

지쳤으면 지친 겁니다.
지쳤으면 멈추어야 합니다.

멈추어 충전해야 합니다.

이내 다시 멈추지 않으려면
이내 다시 지치지 않으려면
충분한 충전의 시간이 필요합니다.

왜 지쳤냐고 하지 말고
지쳤으면 지쳤다고 해야 합니다.
지칠 만큼 지칠 시간을 지나왔기에
지친 겁니다.

지쳤으면 지친 겁니다.
지쳤으면 지쳤다고 해야 합니다.
멈추고 충전의 시간을 가져야 합니다.
외면하고 감춘다고 해결되지 않습니다.

지친 나를 위해
충분히 충전할 시간을 주는 것을
나를 나답게 하는 가장 좋은 선물입니다.

살아내느라
그것으로 되었다

하루 걷는 것도 힘든 날들이
쌓이고 이어져 인생이 됩니다.
이렇게 인생은 자기를 데리고
먼 길을 걷는 여정입니다.

먼 길 걷는 여정에서
성공이란
걷고 싶은 길을
계속 걷는 것입니다.

길을 걷다 보면
돈을 벌수도,
명예를 얻을 수도,
권력을 얻을 수도 있습니다.

그러지 못하더라도
걷고 싶은 길을 걷는 사람은
성공한 사람입니다.

산티아고를 가지 않아도
이미 나는 순례의 길을
걷고 있습니다.

삶은 이렇게
산다는 것
그 자체가 중요합니다.

먼 길을 걷는 여정이기에
계속 걷는 것이 중요합니다.

오늘까지 걸어온 나에게
진심으로 응원을 보냅니다.

수고 많았어요.
살아내느라 참 애썼습니다.
그것으로 되었습니다.
오늘의 내가 되어주어서
참 고맙습니다.

늦었지만

이제라도

나의 거울에 비친 나의 모습은
다른 이의 눈에 보이는 나와는
닮은 듯 다릅니다.

내가 보는 나의 모습을
그들도 볼까 봐 조심조심.
사람들을 좋아하지만,
사람들과 어울리지 못하는 바보스러움.

있는 모습 그대로 모두 보여주면
거절당할 것 같은 두려움에
티가 나지 않을 만큼 얇지만
확실하게 숨겨주는 가면을 찾아 쓰고
사람들 속으로 들어갑니다.

누구도 완벽하지 않다는 것을 알지만,
자신 없는 나의 모습은 숨기고
좋은 모습만 보여주고 싶은 욕심에
진짜 모습을 보이기까지는
긴 시간이 흘러야 합니다.

이해할 수 있는 모습만으로
살아가는 것도
서로를 만나는 것도 아닙니다.

그런데도 끊임없이 나는 나에게
바보스러운 이야기를 하고 있었습니다.

내가 가장 잘 아는 나니까 이야기하는 거야
도무지 그것은 이해할 수 없어
그래서 인정할 수도 없고 사랑할 수도 없는 거야

이제는 바보스러운 이야기를 그만하기로 했습니다.

모두 이해할 수 없지만
사랑하고 인정해

내가 나에게 먼저 이렇게 해야만
다른 이들에게도 이렇게 할 수 있다는 것을,
다른 이들도 나에게 이렇게 한다는 것을
늦었지만 이제는 알았습니다.

PART 2.

아자아자, 응원의 방

보이지 않아도,
잊고 있어도

무엇 때문에 그리 바삐 사는지
하루에 나는 나를 몇 번이나 돌아보는지

거울 공주가 아니면
거울의 비친 내 얼굴도 볼 틈이 없고,
누군가 이야기해주지 않으면
옷매무새를 챙길 틈도 없고,
의사가 강하게 이야기하지 않으면
내게 필요한 약을 챙겨 먹을 틈도 없습니다.

내 눈에 보이는 타인의 필요는 보면서도
내 눈에 보이는 타인의 상처는 보면서도
나의 필요는 보지 못한 채
나의 상처는 보지 못한 채
그렇게 나를 잃어버린 채 오늘을 삽니다.

눈에 보이는 것도 이런데
눈에 보이지 않는 것은 어떨까요?

자주, 마음이 있다는 것을 잊고 삽니다.

그 마음에 필요가 있다는 것을
그 마음에 상처가 있다는 것을
쳐다보지도 않고, 잊고 삽니다.

셰익스피어가 말했지요.
그대의 가슴으로 들어가 보라.
가서 문을 두드리고,
마음이 무엇을 알고 있는지 물어보라.

보이지 않는다고 해서 없는 것이 아닙니다.
잊고 있었다고 해서 없어진 것이 아닙니다.

내 마음의 필요와 상처.
남이 보지 않아도 보아야 하고,
남이 잊고 있다고 해도 기억해야 합니다.
쉽게 채워지지 않고 해결되지 않는다고 해도
채우고 해결하기 위해 노력해야 합니다.
나를 위해 내가 나를 돌아보고 살펴야 합니다.

내가,
내가 되는 것

누군가 나를 보고 있어야
나를 주목하는 눈이 있어야
내가 나로 사는 것도
내가, 내가 되는 것도 아닙니다.

홀로 있어도
나는 나입니다.

아니, 홀로 있을 때
나는 진짜 내가 됩니다.

나를 바라보는 시선이 없을 때,
나를 바라보는 시선에서 벗어날 때,
비로소 나는
나의 시선으로 나를 봅니다.

나를 보는 눈이 없어도
나를 보는 눈이 없어져도
나는 없어지지 않습니다.

나를 보는 눈이 나를 거부해도
나를 보는 눈이 나를 밀어내도
나를 보는 눈이 나를 무시해도
나를 보는 눈이 나를 부정해도
나는 나입니다.

나를 인정하는 눈이 있어야
나를 긍정하는 눈이 있어야
내가 나로 사는 것도
내가, 내가 되는 것도 아닙니다.

나를 보는 눈에 갇히지 마세요.
나를 보는 눈에 갇힌 나는,
나를 보는 눈이 원하는 나일 뿐.

나에게 필요한 것은
나를 보는 눈이 아닙니다.
나에게 필요한 것은
나입니다.

오늘의 나는
오늘의 나일 뿐

오늘의 나는 어떤 나일까요?
다른 이의 시선이 아니라
나의 시선으로 나를 볼 때 나는 어떤 나일까요?

거울에 비친 나를 제대로 보려면
너무 가까이 다가가서는 안 됩니다.
너무 멀리 떨어져도 안 됩니다.
적당한 거리에 서야
비로소 나를 제대로 볼 수 있습니다.

자신이 너무도 작고 보잘것없게 보인다면,
너무 멀리 서서 바라보고 있는 것은 아닌지
그것부터 확인해야 합니다.
자신이 너무도 커서 자기 외에는 보이는 것이 없다면,
너무 가까이 서서 바라보고 있는 것은 아닌지
그것부터 확인해야 합니다.

오늘의 나는 완벽하지 않습니다.
완벽한 내가 되기 위해 노력하고 있지만,
완벽한 나는 아닙니다.
완벽한 내가 아니라고 해서
잘못된 내가 되어 사는 것은 아닙니다.

오늘의 나는 오늘의 나일 뿐.

오늘의 내가 완벽하다는 헛된 자만에 빠질 필요도 없고,
오늘의 내가 최선이라고 오늘에 주저앉을 필요도 없습니다.

상대와 겨루어 나는 부족하다고,
상대와 겨루어 나는 완벽하다고,
그렇게 비교의 시선으로 살아갈 필요가 없습니다.

완벽을 추구하되 완벽주의에 빠지지 말고,
오늘을 감사하되 오늘에 주저앉지 말고,
내가 절대적으로 옳다는 생각은 버리고,
남의 지혜를 듣는 일에 귀를 열고,
오늘의 나는 오늘의 나일 뿐,
오늘의 나로 겸손하고 당당하게 살면 됩니다.

거울에 비친 나를 제대로 보려면
적당한 거리에 서야 합니다.

자신이 너무도 작고 보잘것없게 보인다면
너무 멀리 서서 바라보고 있는 것은 아닌지…

자신이 너무도 커서 자기 외에는 보이는 것이 없다면
너무 가까이 서서 바라보고 있는 것은 아닌지…

후회와 걱정은
덜어내고

지나온 날을 반성하고 성찰하는 것은
오늘을 의미 있게 살게 하는 힘입니다.
다가올 날을 전망하고 계획하는 것은
오늘을 낭비하지 않고 살게 하는 지혜입니다.

하지만,
지나가 버린 시간으로 채워진 계획표에는
후회라는 단어가 여기저기 쓰여 있습니다.
다가오지 않은 시간으로 채워진 계획표에는
걱정이란 단어가 여기저기 쓰여 있습니다.

그렇게 쌓인 후회와 걱정 때문에,
나는 오늘에서 살지 못하고
과거와 미래에서 삽니다.
나는 오늘에서 살 수밖에 없는데,
나의 오늘에는 오늘은 없고
과거와 미래만 가득합니다.

하지 않은 것들에 대한 후회와
하지 못할 것들에 대한 걱정으로 아침을 열고,

10년만 젊었어도 라는 아쉬움과
1년 더 시간이 있었으면 하는 안타까움으로
저녁을 채웁니다.

내가 사는 오늘은 빠져버린 인생 계획표.

지나가 버린 시간 속에 일들로,
오지 않은 시간 속에 일들로,
오늘에는 있지 않은 일들로,
오늘을 후회와 걱정으로 채워서는 안 됩니다.

후회해서 후회가 없어지면 후회가 없습니다.
걱정해서 걱정이 없어지면 걱정이 없습니다.
하지만, 후회와 걱정은 흔들의자 같아서
계속 움직이지만 아무 데도 가지 않습니다.

지나가 버린 시간을 떠나보내야
지나가 버린 시간 속 후회와도 이별합니다.
오지 않은 시간을 애써 붙잡지 않아야
오지 않은 시간 속 걱정과도 이별합니다.

지나간 시간과 오지 않은 시간이
오늘을 위한 시간이 되도록
후회와 걱정은 덜어내고,
오늘을 위한 반성과 성찰, 전망과 계획으로
채우면 충분합니다.
나는 오늘에 있고, 오늘을 삽니다.

이별하고
다시 만나는 오늘

하루를 마무리하는 시간
까닭 모를
아쉬움과 슬픔이 밀려올 때가 있습니다.

돌아보면
텅 비어버린 하루.

열심히 살았는데
텅 비어있는 하루.

김광석의 노래가
나의 노래가 되는 시간.

또 이렇게 멀어져 가는 하루.

연기처럼 잡으려 해도 잡을 수 없는 하루가
또 이렇게 멀어져 갑니다.

인생이 무엇인지
질문이 많아지는 시간.

인생이 무엇인지
질문이 깊어지는 시간.

또 이렇게 멀어져 가는 하루,
매일 이렇게 이별하고 이별하며 삽니다.

삶에 관해 질문한다는 것은
살아있다는 증거이기에
질문이 슬퍼도 슬프지 않습니다.

스스로 질문하지 않으면
다른 이의 질문을 따라 살아야 하기에
질문이 슬퍼도 슬프지 않습니다.

봄, 여름, 가을, 겨울, 봄…
계절이 다시 돌아오듯
지금 이별하지만 돌아오는 것이 있습니다.
나의 하루가 그렇습니다.

오늘, 오늘과 이별하지만,
내일, 다시 오늘로 돌아옵니다.

돌고 도는 오늘이 아니라,
이별하고 다시 만나는 오늘.

매일 멀어져 가는 하루이지만,
매일 하루가 고맙습니다.

모든 날이
좋았다

겨울이 아니면 볼 수 없는 눈이라
눈이 보고 싶은데
눈은 오지 않고 비가 내립니다.
보슬보슬 내리는 비가 눈이었으면
세상이 적당히 하얀 색깔로 채워졌을 겁니다.

그렇게 거리에 눈이 쌓이면
종종거리며 힘든 걸음을 걷는 이들이
조심조심 운행하는 차들이
느릿느릿 움직였을 겁니다.

눈이 오지 않아서
눈이 비가 되어 내려서
오늘은 종종거리지 않아도 됩니다.

오늘의 모습이 어떠하든
모든 오늘은
나의 오늘입니다.

도깨비가 지은탁에게 말했습니다.
너와 함께한 시간 모두 눈부셨다.
날이 좋아서,
날이 좋지 않아서,
날이 적당해서.
모든 날이 좋았다.

나도 나의 오늘에 말합니다.
나와 함께한 시간 모두 눈부셨다.
날이 좋아서,
날이 좋지 않아서,
날이 적당해서.
모든 날이 좋았다.

내가 나의 오늘을 만날 수 있다는 것,
내가 나의 오늘을 살 수 있다는 것,
내가 나의 오늘을 감사할 수 있다는 것,
내가 나의 오늘을 응원할 수 있다는 것,
이것만큼 설레는 일은 없습니다.

운명의
내비게이션

경로가 잘못되었습니다.
경로를 다시 검색합니다.

내비게이션은 거듭 내가 가는 길을,
내가 가야 할 길을 간섭합니다.

내가 나의 길을 걷는데
내가 정하지 않은 길로 가야만,
알려진 길, 예정된 길로 가야만
목적지에 도착할 수 있다고
나를 가르치고 설득합니다.

이제 처음 걷는 나의 길인데,
이미 모든 것이 정해진 듯
알려주는 길을 따라가라고 합니다.

인생은 피할 수 없는 운명의 연속이라고,
운명을 피해서 살 수는 없다고,
누구나 운명을 따라 사는 거라고,
나를 가르치고 설득합니다.

걸어야 하는,
걸어야만 하는 길은 피할 수 없습니다.
누구나 예외 없이 걸어야 하는,
걸어야만 하는 길은 나도 걸어야 합니다.

피할 수 없는 길, 걸어야만 하는 길이기에
이미 걷고 있는 나의 길.
하지만 나의 길을 걷는 나의 걸음은,
운명이 아니라 내가 만듭니다.

끊임없이 울리는 운명의 알람,
애써 그 알람을 피할 까닭은 없습니다.
그 알람에 내가 반응하면 됩니다.
나의 길을 걷는 나의 걸음은
운명의 알람이 아니라 내가 만듭니다.

운명을 탓하거나 피할 까닭이 없습니다.
누구도 예외 없이
할 수 없는 것을 할 수 없다고
아쉬워하거나 안타까워할 까닭이 없습니다.
할 수 있는 것을 하면 됩니다.
운명을 핑계로 할 수 있는 것을 하지 않으면
운명은 이렇게 알람을 울릴 것입니다.

경로가 잘못되었습니다.
경로를 다시 검색합니다.

나의 길을 걷는 나의 걸음은,

운명의 알람이 아니라
내가 만듭니다.

운명을 핑계로 할 수 있는 것을 하지 않으면,
운명은 이렇게 알람을 울릴 것입니다.

경로가 잘못되었습니다.
경로를 다시 검색합니다.

오르막길이
끝나면

이토록 리얼하게 인생을 이야기하는
노래는 없습니다.
노래가 인생을 담는 그릇이라
노래마다 인생을 이야기하지만,
노래마다 담기는 인생은 다릅니다.

가파른 길을 보라고,
웃음기 사라질 거라고.
이토록 리얼하게 이야기하는
노래는 없습니다.

오르막길을 걷다 보면
사라지는 것이 있습니다.

한 걸음 걷기도 힘든 오르막길,
그 길에서는 사라지는 것이 있듯
찾아오는 것도 있습니다.

힘든 걸음에 미소가 사라지면,
흐르는 땀과 거친 숨이 함께합니다.

오르막길 오르게 하는
그 땀과 거친 숨을 기억하세요.
땀과 숨이 있는 동안
걸어갈 수 있음을 기억하세요.

함께 걷는 길이 만든 풍경을
함께 바라보는 길.
걸어온 걸음이 헛되지 않는 길,
걸어온 걸음이 아름다움이 되는 길.

한 걸음 한 걸음
한 번에 한 걸음
땀과 거친 숨으로 걷는 길.

그 길을 걷는 오늘,
미소가 사라진다 해도
외로워하지도, 포기하지도 마세요.

오르막길이 끝나면
함께 크게 웃으며
땀과 거친 숨을 자랑하며
이야기할 것입니다.

힘들어도,
버거워도

하루 살기도 벅찬 데
기대와 희망을 품고 살라는 것은
사치(奢侈) 아니면 고문(拷問)이라고
말하는 이들이 많습니다.

그들의 말이 옳을 수도 있습니다.
하루 삶의 무게를 지기에도 버거운데
기대와 희망의 무게마저 지려면
견뎌야 할 힘이 더 필요합니다.

철없는 희망보다는
허심탄회한 포기가 지혜로울 수 있습니다.
하지만,
희망 없이는 우리 삶이
한 걸음도 진보(進步)할 수 없음을
우리는 알고 있습니다.

중국 현대사에서
가장 위대한 문학가이자 사상가로 자리하고 있는
루쉰(魯迅)의 말입니다.

희망이란
본래 있다고도 할 수 없고,
없다고도 할 수 없다.
그것은 땅 위의 길과 같다.
본래 땅 위에는 길이 없었다.
걸어가는 사람이 많아지면
그것이 곧 길이 되는 것이다.

밥, 이성, 나라, 민족, 인류…
무엇을 사랑하든 독사처럼 칭칭 감겨들고,
원귀처럼 매달리고,
낮과 밤 쉼 없이 매달리는 자라야 희망이 있다.
지쳤을 때는 잠시 쉬어도 좋다.
그러나 쉰 다음에는 또다시 계속해야 한다.
한 번, 두 번, 세 번,
몇 번이라도 계속해야 한다.

힘들어도, 버거워도
오늘의 무게 위에
희망의 무게 올려놓고 걸어가는
나를 응원합니다.

오늘의 힘든 걸음이
희망의 길이 되고 있습니다.

마음의 힘

어느 날 눈앞에 펼쳐진 풍경이
아름답게 보여 아름답다 했더니,
그대는 나에게
뭐가 그렇게 아름다워 보이냐고 물었습니다.

보이는 것이 아름다워
아름답다 했다고 하니,
그대는 나에게
일상에서 벗어났기에
아름답게 보이는 거라고 했습니다.

일상 속에 있는 그대의 눈에는
그냥 일상의 풍경일 뿐이라고.

보는 내가
풍경의 얼굴을 결정합니다.

사는 내가
일상의 얼굴을 결정합니다.

주어진 상황에
이리저리 끌려 다니는 것 같지만,
내가 일상의 얼굴을 결정합니다.

마음먹기 달렸다는 말은
빈말이 아닙니다.

상황을 바꿀 수는 없지만,
상황에 대한 반응은 바꿀 수 있습니다.

그러니 상황을 바꾸려 하기 전에
내 마음부터 바꾸어야 합니다.

마음의 변화가 시작입니다.
결국에는
마음의 힘이 상황도 바꿀 것입니다.

나에게 줄 수 있는
최고의 선물

끊임없이 숫자가 올라갑니다.
끊임없이 내용을 확인합니다.

가상의 관계가
가상의 관계가 아닌 세상.
가상의 관계가
현실의 관계를 압도하는 세상.

다른 사람이 올린 글에는
즉시 반응해야 한다는 의무감에
피로가 쌓입니다.

일상에서는 지나칠 수다 같은 글에도
상대의 반응을 신경 쓰며
수시로 확인하는 사람들.

메시지를 읽고도 반응이 없으면
자신이 무시당했다는 생각에
마음을 진정시키지 못하는 사람들.

곧바로 댓글이 달리거나
어떤 반응도 나오지 않으면
초조해하는 사람들.

홀로 있어도
홀로 있을 수 없는 세상.
홀로 있고 싶어도
홀로 있을 수 없는 세상.

이런 세상에서
홀로 나로 있는 고독은,
나에게 줄 수 있는 최고의 선물입니다.

홀로 있는 나만을 보는
고독을 경험해야
자아를 돌보고 사랑하는 법을 배웁니다.

자아를 사랑할 줄 아는 사람만이
자기 삶과
삶에서 만나는 타인을
사랑할 수 있습니다.

나에게 고독을 선물하세요.
고독을 통해
삶을 더 이해하고
사람을 더 소중히 여기게 됩니다.

더 늦기 전에
쉼표를 찾아서

창 넓은 카페에 앉아
빈 잔이 될 때까지
한 잔 커피를 즐기는 소소한 즐거움마저
사치로 여기며 열심히 걷고 걸었습니다.

또각또각 쉬지 않고 흐르는 시간
그 시간의 흐름을 따라
뒤처지지 않도록 열심히 걸었습니다.

손에 들린 컵에 담긴 커피를
걸음에 맞추어 틈틈이 마시며
열심히 걷고 걸었습니다.

쉼표가 없는 악보처럼
해야 할 일과 해야 할 일을 이어가며
하루를 채우고 채우며 걸었습니다.

쌓이고 남은 것은
가득 채워진 일정표와 지친 몸과 마음.

이건 아닙니다.
이래서는 안 됩니다.
나를 잃어버리기 전에
쉼표를 찾아야 합니다.

내 인생이란 노래를
서둘러 멈추지 않으려면,
내 인생이란 노래를 완성하려면
쉼표를 찾아야 합니다.

아무리 길게 호흡할 수 있어도
쉼표 없이 노래할 수는 없습니다.

지금 호흡이 끝나기 전에
쉼표를 찾아야 합니다.

한 잔의 커피가
비워지는 만큼의 쉼표,
하루의 태양이
머물다가 사라지는 만큼의 쉼표,
더 늦기 전에
나를 사라지지 않도록 하는 쉼표를
찾아야 합니다.

내 인생이란 노래를 서둘러 멈추지 않으려면,

내 인생이란 노래를 완성하려면,

쉼표를 찾아야 합니다.

더 늦기 전에...

숨을 쉬는 여백이 필요하다

꿈속을 걷듯 매일 그렇게 살 수 있다면
무슨 걱정이 있겠습니까?
꿈속이 아닌 진짜 세상에서 사는 나이기에
숨이 턱하고 막혀 멈추어 서야만 하는 순간,
멈추어 서서 기다릴 수밖에 없는 순간을 만납니다.

그렇게 멈추어 선 순간,
멈추어 선 나를 지켜주는 여백이 필요합니다.
무엇을 붙잡고 무엇을 채워서가 아니라,
멈추어 서게 한 것을 덜어내고
숨을 쉬는 여백이 필요합니다.

무엇 때문에 힘들어하는지를 떠올리기보다는
무엇 때문에 살고 있는지를 떠올리고,
걱정을 덜어내고,
염려를 덜어내고,
나를 나이게 하는 것만 남기고,
나를 위해 숨을 쉬어야 합니다.

힘들 때는 힘이 들어서 그런 겁니다.
왜 힘들어하냐고 물을 것이 아니라,
힘들어도 계속 가야 한다고 다그칠 것이 아니라,
모두가 힘들게 사는 거라고 위로할 것이 아니라,
힘들어도 다시 힘을 내자고 응원할 것이 아니라,
힘들 때는 멈추고 숨을 쉬어야 합니다.

힘들 때는 멈추어 서서 힘들다고 말하고,
힘들어하는 나를 돌아보고,
힘들어하는 내가 숨을 쉬게 해야 합니다.

힘들 때 힘들어하는 나를 잊지 마세요.
나를 돌아보고, 나에게 여백을 주세요.
애써 모든 것을 붙잡으려 해도
나를 잊으면 모든 것을 잃어버리고 맙니다.

자동문처럼,
자판기처럼

자동문처럼
자판기처럼
반응할 필요는 없습니다.

모든 사람에
활짝 열리는 문이
아니어도 됩니다.

모든 주문에
즉각 반응하는 기계가
아니어도 됩니다.

아닌 것에
아니라고
분명하게 반응하는
나로 살아야 합니다.

나를 확장하고
새로운 경계를 만드는 것이 아니면,

내가, 내가 되는 경계를
함부로 무너뜨리지 마세요.

거절해야 할 때는
거절해야 합니다.

경계가 선명해야
경계를 넓혀갈 수 있습니다.

아니라고 해야 할 때
미안해하지 마세요.

내가 확장되어
새로운 경계가 만들어지면
그때
다시 분명하게 말하면 됩니다.

아닐 때는 아니라고 하세요.
할 수 있을 때
할 수 있다고 하세요.

모든 것을 모두 담아내는
그릇이 없듯,
모든 것을 모두 할 수는
없습니다.

함께 걸을 때,
비로소

누구도 홀로 살 수 없습니다.
모두가 관계 속에서 삽니다.
관계를 떠날 살 수 있는 사람은 없습니다.
잠시 짧게 관계를 맺을 수는 있어도
관계를 맺지 않고는 살 수 없습니다.

관계를 맺고 관계를 따라 살아야 하니
새롭게 누군가를 만나면 관계의 순위를 정합니다.
키를 재고 결과에 따라 차례를 정하는 것처럼
나이, 경험, 경력에 따라 관계의 순위를 정합니다.

먼저 태어나 경험과 지식이
나중에 태어난 이보다 뛰어난 사람은
선배(先輩)와 선생(先生)이 되고,
나중에 태어나 뒤를 따르는 사람은
후배(後輩)와 후생(後生)이 됩니다.

하지만,
후배와 후생이 늘 언제나
후배와 후생의 자리에 머물러 있는 것은 아닙니다.

청출어람(靑出於藍),
푸른색은 쪽빛에서 나왔지만 쪽빛보다 더 푸릅니다.
후생각고(後生角高),
나중에 난 뿔이 우뚝합니다.
후생가외(後生可畏),
뒤에 난 사람은 두려워할 만합니다.

제자나 후배가
스승이나 선배보다 훨씬 나을 수 있습니다.

후배와 후생이 나보다 앞서 걷는다고 해서
내가 뒤로 걷고 있는 것은 아닙니다.
나는 나의 길을 걷고 있고,
후배와 후생은 그의 길을 걷고 있을 뿐입니다.

뒤를 따라오는 후배와 후생과 함께 걷고,
앞서 걸어가는 후배와 후생과 함께 걸어야 합니다.
후배와 후생과 함께 걸을 때
비로소 나는 선배와 선생이 됩니다.

변화를
이겨내려면

봄, 여름, 가을, 겨울,
시간의 흐름을 따라 오가는 계절.
계절은 저마다 자기 모습을 담고 있습니다.
그 모습을 제대로 맞이하려면
준비가 필요합니다.

계절과 계절 사이 환절기,
그때를 지날 때면
예외 없이 콜록콜록, 훌쩍훌쩍.

기온이 조금만 변해도
몸은 적응하기 위해 애를 씁니다.
변화를 이겨내려면
변화를 이길 힘이 필요합니다.

차가운 바람을 이기려면,
뜨거운 태양을 이기려면,
견디고 이길 힘이 필요합니다.

마음도 마찬가지입니다.
상황이 바뀔 때마다 적응하기 위해 애를 씁니다.
상황의 변화를 이겨내려면
변화를 이길 힘이 필요합니다.

견디어 낼 힘이 약하면
작은 변화에도 콜록콜록, 훌쩍훌쩍.
내면의 단단한 바탕이 없으면
작은 변화에도 콜록콜록, 훌쩍훌쩍.

바람이 더 차가워졌나 봅니다.
태양이 더 뜨거워졌나 봅니다.
그래서 견디기가 더 어려워졌나 봅니다.

바람과 태양의 변화를 탓하다 보니
바람과 태양은 그대로인데,
나만 그대로가 아닌
견디는 힘이 약해진 것을 발견합니다.

더 차가운 바람, 더 뜨거운 태양을 만날 겁니다.

어떤 바람에도
어떤 태양에도
견딜힘이 필요합니다.

어떤 변화에도 흔들리지 않으려면
자기를 존중하고 사랑하는 힘이 있어야 합니다.
어떤 상황에도 흔들리지 않으려면
자신을 소중하고 가치 있고
가능성과 능력이 있다고 믿는 힘이 있어야 합니다.

몸의 힘이 하루에 강해지지 않듯이
마음의 힘도 하루에 강해지지 않습니다.
꾸준히 힘을 기르기 위해 노력해야 합니다.

기온이 조금만 변해도 몸은 적응하기 위해 애를 씁니다.
변화를 이겨내려면 변화를 이길 힘이 필요합니다.

마음도 마찬가지입니다.

어떤 변화에도 흔들리지 않으려면,
어떤 상황에도 흔들리지 않으려면,
자기를 존중하고
사랑하는 힘이 있어야 합니다.

생각, 목적이 아닌
삶을 위한 과정

생각하지 않고 살아갈 수 없음에도
생각하는 것이 버거워 힘이 듭니다.

생각이 너무 많아서
생각이 너무 없어서
생각을 제대로 정리할 수 없어서
힘이 듭니다.

사물을 헤아리고 판단하는 생각이든,
사람이나 사건에 관한 생각이든,
새로운 일에 관한 생각이든.

가장 중요한 것을
가장 중요한 것으로 다루는 것이
가장 중요합니다.

생각이 넘쳐나도
가장 중요한 것을 아직 발견하지 못했다면
더 많이 생각해야 합니다.

생각이 부족해도
가장 중요한 것을 이미 발견했다면
생각을 멈추어야 합니다.

가장 중요한 것을 발견했다면
가장 중요한 것인지 검증하고,
가장 중요한 것이 될 수 있도록
다음 생각을 이어가면 됩니다.

사람은 생각하는 존재이지만,
생각은 목적이 아니라 삶을 위한 과정입니다.
삶의 목표에 이르는 방법을 찾는 과정입니다.
그러니 삶을 위한 생각이면 됩니다.
생각만 잘하면 뭐 하겠습니까?
나를 나답게 살게 하는 생각이면 충분합니다.

선택의
갈림길에서

선택의 기회는 늘어났지만,
실수가 용납되지 않는 세상이라
'글쎄…'라는 대답만 쌓여갑니다.

날마다 다가오는
크고 작은 선택 앞에서
'글쎄…'라는 대답이
타고난 천성처럼
습관이 되어버렸습니다.

자장면과 짬뽕 사이에서 '글쎄…'
진로를 결정하는 일에서도 '글쎄…'
노후를 준비하는 일에서도 '글쎄…'

지금의 선택이
잘못된 결과를 가져올까 봐 '글쎄…'

선택의 갈림길에서
마음을 정하지 못하고
셰익스피어 작품 속 햄릿처럼 '글쎄…'

결정을 미루거나
타인에게 맡겨버리며 '글쎄…'

'글쎄…'라는 대답만 반복합니다.
예, 아니요 대신 '글쎄…'를.

세상에는 완벽한 결정이란 없는데,
결정을 미룰 뿐만 아니라
완벽한 결정을 내리지 못할 것 같아
'글쎄…'라고만 합니다.

이제 '글쎄…'는 그만,
뭐든 나를 위해 결정하면 됩니다.

최선이 무엇인지 모를 때는
차선을 선택하면 됩니다.
작은 걸음부터 조금씩 걷다 보면,
결국에는 가야 할 곳에 도착합니다.

나를 위한 수고와
나를 위한 시간의 상관관계

계획 없이 좋은 성과를 얻지 못함을
준비 없이 좋은 결과를 얻지 못함을
당연한 이치로 경험하며 삽니다.

중요한 사람, 중요한 일, 중요한 날과
관련된 일이면 더욱더 신중히
준비하고, 계획하고, 실행하며 수고합니다.

그런데,
가장 중요한 사람을 위한
가장 중요한 시간을 준비하는 데에는 소홀합니다.
오롯이 나만을 위한 시간,
홀로 내가 되어 나로 보내는 시간을
준비하고 계획하는 데에는 소홀합니다.

그저 '잘 될 거야!' 하고선,
'거봐, 난 혼자 있으면 안 돼!'라고 합니다.
혼자 시간을 보내는 법을 모르는 사람이라고
자기를 타박합니다.

가장 중요한 사람을 위한 가장 중요한 시간은
그냥 주어지지 않습니다.
가장 중요한 사람에게
지금 필요한 시간이 무엇인지 확인하고,
그 시간을 위한 계획을 세우고, 준비하고, 실행해야 합니다.

그 무엇보다 가장 중요한 계획과 준비 그리고 실행.
생략하지도 미루지도 말고, 수고하고 애써야 합니다.

심지 않고 거둘 수 없다는 것을
땀 흘리지 않고 거둘 수 없다는 것을
당연한 이치로 경험하며 살기에
날씨도 살피고, 상황도 살피고,
적절히, 적당히, 때마다 최선의 선택으로
계획하고, 준비하고, 실행하며 수고합니다.

나를 위한 수고 없이
나를 위한 시간은 주어지지 않습니다.

가장 아름다운 날은
아직 오지 않았다

매일 새로운 하루를 걸어
인생길을 걸어갑니다.
걸어가는 시간에 따라
인생을 부르는 이름이 달라집니다.

인생 여정 가운데에서 만나는
중년이란 시간.

청년(青年)과 노년(老年) 사이의 시간,
그렇게 인생의 중심(中心)에 있는 시간이라
중년(中年)이라 부릅니다.

인생의 무게를 느끼는 시간이라
중년(重年)의 시간이기도 합니다.

달리 느껴지는 인생의 무게 때문에
새로운 무엇을 시작하는 것에
머뭇거림이 많아지는 시간.

하지만, 이제 오전을 지났을 뿐.

잠시 멈추어 서서 마음에 점을 찍는 시간,
점심(點心)을 지나면
하루의 중심, 오후를 만납니다.

하루의 시작은 아침에만 있지 않습니다.
더 중요한 시작이 계속 이어집니다.

전반전을 마무리하고
후반전의 시작을 기다리며 준비하는 선수들처럼,
지난 시작은 뒤로하고
새로운 시작을 맞이해야 합니다.

최종 승부는
마지막 순간에 결정됨을 기억하고,
첫 시작보다 더 중요한 시작,
역전을 만들어내는 시작을 준비해야 합니다.

가장 아름다운 날은
아직 오지 않았습니다.
오늘은,
지난날보다 더 아름다운 날을 위한
새로운 시작을 하기에 가장 좋은 시간입니다.

PART 3.

두근두근, 설렘의 방

내 인생
최고의 고객

어제와 더 나은 오늘이길 기대하며
아침을 엽니다.
어제보다 하루 더 나이를 먹었지만,
더 새로운 오늘이길 기대합니다.

내 인생 최고의 오늘은
아직 지나간 것이 아니기에
그 최고의 오늘을 향해
한 걸음 더 가까이 다가간
오늘이기를 기대합니다.

나를 위한 오늘을 여는 아침
아침을 맞이하는 나의 표정을 연출합니다.
나를 위해 밝게 웃습니다.
내 인생 최고의 고객은 바로 나이기에
나를 향해 밝게 웃습니다.

나를 향한 진심의 웃음.

그 이전 어떤 날보다
최고의 오늘에 하루 더 다가간 오늘이
나를 기다리고 있습니다.
누구도 아닌 나를 위한 오늘이
나를 기다리고 있습니다.

나를 위한 오늘을 향한 웃음.
나의 오늘의 주인공인 나를 향한 웃음.
나를 향한 진심의 웃음.

누구도 방해할 수 없는 웃음.
무엇도 방해할 수 없는 웃음.

나는 아침을 열며 오늘도 웃습니다.
최고의 오늘을 살아갈 나를 향해 웃습니다.
나는 나의 오늘의 주인공입니다.

낯섦과 설렘

처음 뵙겠습니다.
어색한 인사가 오가고,
낯섦과 설렘이 교차합니다.

서툴고 낯선 것이 당연한데
능숙하고 자연스럽게 보이려 애를 쓰다
내가 아닌 내가 되어
익숙했던 것들마저 서툴러집니다.

나의 매력을 보여주고,
그의 매력을 보면 되는데.

어리둥절, 쭈뼛쭈뼛.

설레고 있음을 보여주면 될 것을,
설레고 있음을 보면 될 것을.
지금 그대로 보여주면 될 것을,
지금 그대로 보면 될 것을.

일하듯 연애하려 합니다.
아마추어이면서
프로처럼 보이려 합니다.

꾸미지 않아도 됩니다.
감추지 않아도 됩니다.

서로 꾸미지 않은 서로가 되어
서로 감추지 않은 서로가 되어
서로 설레면 됩니다.

낯선 모습 발견할 때마다
서로 인사하면 됩니다.
처음 뵙겠습니다.
이보다 설렘 가득한 인사는 없습니다.

나이는
숫자일 뿐

설렘에 유통기한이 있을까요?
누군가를 만나 가슴이 설레는 데에는
제한이 없습니다.

설렘에 나이는 숫자일 뿐.
누군가를 만나 사랑함에는
제한이 없습니다.

그러니 지금 가슴이 설렌다고
놀랄 까닭도, 피할 까닭도 없습니다.

이러저러한 까닭에
설렘을 뒤로 미루고 살아왔지만,
이제 서로 설레는 사람을 만난다면
더는 미루지 말고
피하지도 말아야 합니다.

나를 설레게 하는 사람
내가 설레게 하는 사람
그렇게 서로 만나
설레며 살면 됩니다.

오늘, 그 사람과 스쳤을지도 모릅니다.
내일, 그 사람과 스칠지도 모릅니다.

스치듯 지나가는 설렘을 내가 놓칠 뿐,
설렘은 언제나 스치듯 지나갑니다.

까닭 없는 제한이 있었다면 해제하고
지나가는 설렘을 놓치는 아쉬움이 없도록,
이제는 나를 위한 설렘을 붙잡아야 합니다.

머뭇거릴 까닭

문뜩 돌아보면
돌아가고 싶은 시간이 있습니다.

그때 머뭇거리지 말고 고백했더라면
지금 서로 마주 보며 살고 있겠지요.

머뭇거릴 까닭이 있었습니다.
그래서 머뭇거렸습니다.
몇 번이고 거듭 머뭇거렸습니다.
그러다 시간이 흐르고
서로 과거의 사람이 되었습니다.

이제 시간이 흘러 돌아보면
오늘이 서고 싶은 시간이 되겠지요.

오늘 머뭇거리지 말고 고백해야 합니다.
서로 마주 보고 싶은 그대에게 고백해야 합니다.

머뭇거릴 까닭이 있습니다.
그래서 머뭇거리고 있습니다.
그러다 시간이 흐르면
서로 과거의 사람이 됩니다.

다시 후회가 쌓이겠지요.
'그때 고백했더라면...' 하고 말입니다.

그때 고백은 놓쳤지만,
오늘 고백은 놓치지 말아야 합니다.

다시 만난 그대이든
오늘 만난 그대이든

설레게 하는 그대 고백을 듣고,
설레게 하는 그대에게 고백해야 합니다.

서로 오늘의 사람으로 마주 보기 위해
오늘 고백은 놓치지 말아야 합니다.

공항 검색대에서
살피듯

나무가 나이테를 쌓아가듯
내 삶도 경험이 쌓여갑니다.

쌓이는 경험을 따라
변하는 것들이 있습니다.

단순했던 생각은 복잡해지고
선명했던 느낌은 모호해집니다.

사람을 만날 때도
변하는 것들이 있습니다.

멀리서 바라만 보아도
그저 좋았던 사람이 있었지요.
이제는 가까이에서 보아도
모든 것을 확인하기만 합니다.

공항 검색대에서 살피듯
그렇게 살피기만 합니다.

모든 사람을 살피지는 않습니다.
살펴야 할 까닭이 있는 사람만 살핍니다.

까닭이 있어 살피기에
생각은 복잡하고 느낌은 모호합니다.

매력을 매력으로 느끼지 않고,
설렘을 설렘으로 느끼지 않고.

단순한 산수가 아니라
복잡한 고차방정식을 통과하고서야
생각과 느낌을 결정합니다.

나이테 쌓이는 것처럼
쌓여온 경험의 렌즈들

이제는 그 렌즈들을 훌훌 벗고

매력을 매력으로 느끼고
설렘을 설렘으로 느끼고

멀리서든 가까이에서든
바라만 보아도 좋은 사람을 만나면 됩니다.

늘 그렇게
자기 모습 잠시 보이고

겨울 하늘
그 빛깔이 흐려지면
첫눈 올까 쳐다봅니다.

첫눈 내리면
말하지 않아도
내 마음 전해질까 생각해봅니다.

같은 하늘 아래 있으니
첫눈 내리면
그 사람도 첫눈을 보겠지요.

펑펑 내리지 않아도
잠시 내리다 그쳐도
아쉽지 않습니다.

첫눈은 늘 그렇게
자기 모습 잠시 보이고
사라집니다.

내 마음도 그렇게
그 사람을 향해
달려가다 멈춥니다.

그 사람도,
그 사람 마음도 이럴까요?

첫눈이 펑펑 내리면
내 마음이,
그 사람 마음이
서로에게 닿을까요?

겨울 하늘
빛깔 흐린 날이 많았는데도
첫눈 내리지 않은 것은
서로의 마음 닿을 수 있도록
펑펑 내릴 준비를 하고 있나 봅니다.

그때의 헤어짐과 오늘의 만남

지나간 시간의 사람이라 생각했는데
오늘 그대를 만났습니다.

오늘 만남을 우연이라고 하기에는
오늘 만남이 있기까지
쌓인 까닭이 너무 많습니다.

그때 헤어짐이 아쉬웠지만,
오늘 만남은
그때 만남보다 더 큰 기쁨입니다.

세월의 강을 건너 다시 만났지만,
오늘 그대는
그때보다 더 반가운 사람입니다.

오늘 우리 다시 만났듯이
만날 사람은 헤어져도 다시 만날 것이기에
오늘 다시 헤어진다고 해도
아쉬워하지 않으려 합니다.

오늘 다시 헤어져도
더 반갑게 만날 겁니다.

헤어져 있는 동안 그대는
더 아름다운 사람이 되었습니다.
더 사랑스러운 사람이 되었습니다.

이제 헤어져 다시 만날 때
더 아름다운 사람이 되어 있을 겁니다.
더 사랑스러운 사람이 되어 있을 겁니다.

그대처럼
나도 그런 사람이 되어 있을 겁니다.

그러니
헤어짐을 슬퍼하지 말고
만남을 기뻐합시다.

오늘 그대를 만나서 참 좋습니다.

마법처럼

처음 그대를 만났을 때보다
지금 그대의 모습은 더 소중합니다.

처음 그대를 보았을 때보다
지금 그대의 모습은 더 아름답습니다.

그대를 소중하게 여길수록
그대의 모습은 더 소중히 변해오고,
그대를 존중히 여길수록
그대의 모습은 더 아름답게 변해왔습니다.

사람의 모습이 이리도 소중함을
사람의 모습이 이리도 아름다움을
그대를 통해 알게 되었습니다.

그대 모습 변해올 때
마법처럼 나의 모습도 변해왔습니다.

그대 모습 더 아름답게 변해올 때
그대 모습 더 소중히 변해올 때
내 모습도 변해왔습니다.

그대 소중해 그대 가까이 갈 때마다
내 모습 소중히 변해왔습니다.

그대 아름다워 그대 가까이 갈 때마다
내 모습 아름답게 변해왔습니다.

그대를 빛나게 할수록
나도 빛나는 사람이 되었습니다.

그대를 사랑할수록
나도 사랑스러운 사람이 되었습니다.

그대가 있어 나는,
내가 있어 그대는,
그래서 우리는,
서로를 빛나게 하는 사람입니다.
서로를 아름답게 하는 사람입니다.
서로를 소중히 변하게 하는 사람입니다.

작지만 선명하게
반짝이며

서류 모서리를 꽉 잡은 클립은
작지만 선명하게 반짝이며
자기 존재를 드러냅니다.

무슨 일이 있어도 놓쳐서는 안 됩니다.
무슨 일이 있어도 놓치지 않을 겁니다.

클립은 쉽게 놓치지 않습니다.

클립이 없었다면
클립을 찾지 못했다면
큰일 날 뻔했습니다.

크지 않아도 소중한 것이 있습니다.
아니, 작아서 소중한 것이 있습니다.

사소해 보인다고
소중하지 않은 것은 아닙니다.
아니, 사소하기에
소중한 것이 있습니다.

클립 같은 일이 있습니다.
클립 같은 사람이 있습니다.

작지만 선명하게 반짝이며
자기 존재를 드러내는 일이 있습니다.
작지만 선명하게 반짝이며
자기 존재를 드러내는 사람이 있습니다.

사소해 보이지만,
그가 아니면 할 수 없는 일이 있습니다.
작아 보이지만,
그가 아니면 할 수 없는 일이 있습니다.

클립 같은 그가 소중합니다.

내게도 클립 같은 일이 있습니다.
내가 아니면 할 수 없는 일이 있습니다.

클립 같은 내가 소중합니다.

크지 않아도 소중한 것이 있습니다.
아니, 작아서 소중한 것이 있습니다.

사소해 보인다고 소중하지 않은 것은 아닙니다.
아니, 사소하기에 소중한 것이 있습니다.

당신에게 그것은 무엇입니까?

다른 생각과
틀린 생각에 관하여

나와 비슷한 사람 있어도
또 다른 내가 있지는 않습니다.

내 생각과 비슷한 생각 있어도
또 다른 내 생각은 아닙니다.

나로 살게 하는 생각
나로 살며 하는 생각

나를 만드는 생각
내가 만드는 생각

저마다 다른 존재이기에
다른 생각을 하며 살아갑니다.

다른 것은 다른 것일 뿐
틀린 것은 아닙니다.

틀린 생각이 있지요.
다른 생각이라서 틀린 생각이 아니라
틀린 생각이라 틀린 생각입니다.
같은 생각이라도 틀린 생각입니다.

나만 옳다는 생각은
다른 생각을 틀린 생각이라 합니다.

내가 아닌 다른 존재가
내 생각을 틀린 생각이라 해도
내가 틀린 생각을 하지 않으면 됩니다.

부족하면 채우고
잘못되면 고치고

나를 위한 생각은 내가 합니다.
나를 위한 생각은 내가 해야 합니다.

나로 살게 하는 생각
나로 살며 하는 생각

나를 만드는 생각
내가 만드는 생각

가장 소중한 생각을
가장 소중한 생각으로 여기며 살아야 합니다.

세월과 열정의
주름

새로운 꿈을 꾸기에
늦은 나이는 없습니다.

청춘을 노래한 사무엘 울만,
여든을 넘긴 나이에
그는 이렇게 노래했습니다.

청춘이란
인생의 어느 기간이 아니라
마음가짐입니다.

청춘이란
두려움을 물리치는 용기,
안이함을 선호하는 마음을 뿌리치는
모험심입니다.

때로 20세 청년보다
60세 인간에게 청춘이 있습니다.

나이를 더해가는 것만으로
사람은 늙지 않습니다.
이상을 버릴 때 비로소 늙습니다.

세월은 피부에 주름살을 늘려가지만
열정을 잃으면 영혼에 주름이 집니다.

20세라는 젊은 나이가
청춘의 유리한 조건일 수는 있지만,
청춘을 보장하지는 않습니다.

80세라는 늙은 나이가
청춘의 불리한 조건일 수는 있지만,
청춘을 방해하지는 않습니다.

새로운 꿈을 꾸기에
늦은 나이는 없습니다.

오늘이 흘러
늦은 어제가 되기 전에
꿈을 꿉시다.

새로운 꿈을 꾸기에
가장 좋은 오늘입니다.

그때
갈림길에서

그때 갈림길에서
지금 걷는 길 아닌 다른 길 선택했다면,
오늘 나는 어떤 모습으로 살고 있을까요?

원하던 일을 선택했더니
원하던 사랑이 떠나갔고,
원하던 사랑을 선택했더니
원하던 일이 떠나갔습니다.

지금 걷는 길 끝에는 무엇이 있을까요?
아직 길이 끝나지 않았는데
이제라도 다른 길 걸어야
원하는 모든 것 이루며 살 수 있을까요?

걸어온 길 돌아보면
걷지 못한 길 함께 보입니다.
'열심히 잘 걸어왔다'는 마음과
'정말 잘 걸어온 것일까'라는 마음이
이리저리 엉켜 자리를 잡습니다.

걸어온 길 돌아보지 말고
걸어갈 길 내다봐야 합니다.

걸어온 걸음 후회하지 말고,
걷지 못한 걸음 아쉬워하지 말고,
걸어야 할 걸음 열심히 걸으면 됩니다.

길의 끝을 알 수 없지만,
길의 끝을 볼 수 없지만,
길의 끝에 이르기 전까지
나의 걸음을 열심히 걸으면 됩니다.

이제부터 진짜입니다.
이제부터 걷는 걸음이
내가 원하는 것을 완성하는 걸음입니다.

최고의 순간을 위해
챙겨야 하는 것들

어제보다 나은 오늘,
오늘보다 나은 내일을 꿈꾸며
순간마다 최고의 선택을 하려고
애를 쓰며 집중합니다.

최고의 순간은 그냥 오지 않습니다.

나를 위한 계획
나를 위한 준비
나를 위한 실행
나를 위한 선택
나를 위한 결정

필수 비타민 챙겨 먹듯
생략하지 않고 챙겨야 하는 것들,
최고의 순간을 위해
애를 써야 하는 것들이 있습니다.

무엇보다 소중한 나의 삶,
나의 삶을 이루는 나의 오늘,
최고의 순간을 이루기 위해
애를 쓰며 집중해야 합니다.

나를 사랑하고,
나를 위해 수고하고,
나를 위해 도전하는 것을 생략하지 마세요.

최고의 순간은 그냥 오지 않습니다.
내가 걸으면 그만큼 다가옵니다.

길고 검은
겨울밤

하루의 무게가 유난히 무거울 때가 있습니다.
하루를 지나 다음 날로 이어가는 것이
끝을 알 수 없는 긴 터널을 통과하는 것처럼
느껴지는 때가 있습니다.

김광석의 노래가
나의 오늘이 되는 때가 있습니다.

한 치 앞도 보이지 않는 검은 밤,
그 가운데 서 있는 것처럼 느껴지는 때가 있습니다.
어디로 가야 하는지도 알 수 없고,
어디에 있는지도 알 수 없는 때가 있습니다.

길고 검은 겨울밤,
여느 밤과 다른 밤을 지나야 할 때가 있습니다.
봄의 아침이 멀어도 너무도 멀게 느껴지는 때가 있습니다.

인생의 밤, 하룻밤이라고 하기에는
너무 길고 너무 검은 밤,
그 깊은 밤을 지나야 할 때가 있습니다.

겨울을 지나야 봄이 오고,
밤을 지나야 아침이 옵니다.

길고 검은 겨울밤을 지나야
봄의 아침이 옵니다.

봄의 아침을 맞이하기까지는
헤아릴 수도 없는 여러 겨울밤이 지나야 합니다.

봄을 맞이하기까지
버거운 하루하루의 무게를 견디며
긴 겨울을 건너가야 합니다.

길고 검은 겨울밤을 건너온 봄의 새싹.
봄은 그렇게 새싹에 담겨 겨울을 건너왔습니다.

매일 흔들리며 걸어가는 인생,
흔들리지만 멈추지 않고 걸어가는 인생.

봄이
여름 지나 가을을 만나고
겨울 건너
다시 봄으로 오기까지
흔들려도 멈추지 말고,
봄을 꿈꾸며 걸어가야 합니다.

봄볕 좋은 날

봄볕 좋은 날
햇살처럼 눈부신 벚꽃

바람 불면
눈처럼 날리며
눈앞 세상을 화려하게 만듭니다.

오래 보면 좋을 텐데
잠시 머물다 사라집니다.

잠시 머물다 사라지지만,
머무는 동안
남기고 가는 것이 많습니다.

오래 볼 수 있는 사람도 있지만,
벚꽃처럼 잠시 있다 떠나는 사람도 있습니다.

잠시 있다 떠나는 사람이지만,
머무는 동안
남기고 가는 것이 많은 사람이 있습니다.

벚꽃처럼 짧은 만남이어도
영원처럼 오랜 설렘을 남기는 만남이 있습니다.

다시 봄이 오면
봄볕 좋은 날
눈부신 벚꽃이 돌아오겠지요.

벚꽃 돌아오듯
벚꽃 같던 그 사람도 돌아오겠지요.

바람 불면
눈처럼 날리며
설렘으로 내 마음을 흔들겠지요.

벚꽃처럼 다가가
그 사람 곁에 머물고 싶습니다.
영원처럼 오랜 설렘을 남기고 싶습니다.

벚꽃처럼 짧은 만남이어도
영원처럼 오랜 설렘을 남기는 만남…

다시 봄이 오면
봄볕 좋은 날, 눈부신 벚꽃이 돌아오겠지요.

벚꽃 돌아오듯
벚꽃 같던 그 사람도
돌아오면 좋겠습니다.

설렘은 떠나지 않고,
오늘에 남다

예기치 못한 잠금 해제의 시간,
추억의 책장이 넘어가
그때로 시간 여행을 떠날 때가 있습니다.

분명 그 사람이 아닌데
그 사람을 생각하게 하는 장면에
그 사람과 함께했던 시간으로
여행을 떠날 때가 있습니다.

어디에 살까, 어떻게 살까
나를 기억할까 하며
그때의 설렘을 추억합니다.

내가 생각하듯
나를 생각할 거라 하며
그때의 설렘을 추억합니다.

묘한 웃음이 얼굴에 퍼지고
그때의 노래를 흥얼거리며
그때처럼 걷습니다.

'무슨 일 있어요?' 라는 현실의 질문에
'아니 별일 없는데...' 라고 대답합니다.

그때로의 시간 여행은 끝이 나고,
추억의 책장은 다시 닫히고,
나는 지금으로 돌아왔지만,
그때의 설렘은 떠나지 않고,
오늘에 남았습니다.

한동안 그때의 노래를 흥얼거리며
그때처럼 걸으며
그때의 설렘에 묘한 웃음을 웃을 것 같습니다.

지나가 버린, 그래서 다시 만날 수 없는 시간이지만
소중한 시간은 사라지지 않고
오늘 다시 소중한 시간이 됩니다.

사람이라 쓰다
사랑으로 쓰고

사람이란 말과 가장 닮은 말, 사랑.
사랑이란 말과 가장 닮은 말, 사람.

컴퓨터 자판도 가까이 있어
사람이라 쓰다 사랑으로 쓰고,
사랑이라 쓰다 사람으로 씁니다.

사랑하는 사람 있어 사랑이 있고,
사랑이 있어 사랑하는 사람이 있습니다.

사람이 빠진 사랑은 속이 빈 사랑이고,
사랑이 빠진 사람은 겉만 남은 사람입니다.

사람 없으면 사랑이 없고,
사랑 없으면 사람이 없습니다.

사랑할 줄 모르는 사람,
사랑이 비어버린 사람은
텅 빈 사람으로 삽니다.

사람으로 산다는 건,
사랑하는 사람으로 사는 겁니다.
사랑할 줄 아는 사람으로 사는 겁니다.

가족을 사랑하고,
그대를 사랑하고,
친구를 사랑하고,
오늘을 사랑하고,
자신을 사랑할 수 있음은
내가 사랑할 수 있는 사람이라서 그렇습니다.

내게 소중한 것을 사랑할 수 있음은
내가 사랑할 수 있는 사람이라서 그렇습니다.

선글라스와 우산을
서로에게 선물하고

예고된 날씨였지만,
너무 강한 햇볕은 불편합니다.
편히 눈을 뜰 수가 없습니다.
선글라스 없이는 얼굴이 일그러집니다.

비가 귀한 시절이라
예고 없이 내리는 비가
반갑기도 하지만, 불편합니다.
갑작스레 우산 구하기가 쉽지 않습니다.

눈을 편히 뜰 수 없어 불편하지만,
빛이 있어 고맙습니다.
빛이 없으면 제대로 살 수 없습니다.

갑작스레 내리는 비가 불편하지만,
비가 있어 고맙습니다.
비가 내리지 않으면 살 수 없습니다.

그대는 내게는 빛과 같은 존재입니다.
그대는 내게는 비와 같은 존재입니다.

선글라스를 준비해야 하고,
우산을 준비해야 하지만,
그대가 있어 고맙습니다.

때로 내 얼굴이 일그러져도
때로 내 몸이 젖어도
당신이 있어 고맙습니다.

나로 인해 그대 얼굴이 일그러질 때도 있습니다.
나로 인해 그대 몸이 젖을 때도 있습니다.

우리는 그렇게 서로에게
빛이 되고, 비가 되어 살아갑니다.

때로 불편해도
우리는 서로에게 필요한 존재입니다.
선글라스와 우산을 서로에게 선물하고
서로를 응원하며 사는 존재입니다.

스르르
놓쳐버린 시간

내가 멈춘다고
흐르는 시간이 멈추는 것도 아닌데,
머물러 조심조심 살피다가
스르르 놓쳐버린 시간이 많습니다.

무엇이 그렇게 나를 머뭇거리게 했는지
무엇이 이렇게 나를 머뭇거리게 하는지

조심하다가 놓친 일들
조심하다가 미룬 일들

머물러 있지 않고 흘러가는 시간
머물러 있지 않고 흘러가는 기회

절대 다시 돌아오지 않을 시간
절대 다시 돌아오지 않을 기회

흐르는 시간이 어제를 지나 오늘이 되고
흐르는 시간이 오늘을 지나 내일이 됩니다.

오늘을 놓치지 않아야
흐르는 시간을 놓치지 않습니다.

조심하다가 놓치는 일들
조심하다가 미루는 일들

지난 시간을 아쉬워하지 말고
오늘을 잡아야 합니다.

나를 위해 붙잡은 오늘은
나를 위한 오늘로 붙잡혀 있을 겁니다.

오늘의 나를 위해
오늘을 나의 시간으로 붙잡아야 합니다.

흐르는 시간에 맞서
나의 오늘을 잡아야 합니다.

날마다 다른
일상의 하루

여행지에서 만나는 하루는
일상의 하루와 달리
낯설고 새로운 모습으로 다가옵니다.

아침의 모습도, 저녁의 모습도,
거리와 골목의 모습도,
하늘과 땅 그리고 사람의 모습도
낯설고 새롭게 다가옵니다.

여행자에게는 여행이지만,
그곳의 사람들에게는 일상입니다.

같은 곳에서 만나는 하루이지만
일상의 하루와 여행의 하루는 같지 않습니다.

내가 누구이냐에 따라 달라지는 하루

어제와 같아 보여도 처음 만나는 오늘
어제와 같아 보여도 처음 걷는 오늘

비슷한 장면을 만날 수는 있지만,
같은 장면을 만날 수는 없습니다.

틀린 그림 찾듯 바라보면,
같은 그림 찾을 수 없는 낯선 하루가
오늘이 되어 지나갑니다.

반복되는 오늘은 없습니다.

익숙한 길을 걸을 뿐, 같은 길을 걷는 것은 아닙니다.
비슷한 구름을 볼 뿐, 같은 구름을 보는 것은 아닙니다.

같은 자리 앉아, 같은 커피 마시는 것 같지만,
어제 앉았던 자리에 다시 앉을 수 없고
어제 마셨던 커피를 다시 마실 수 없습니다.

날마다 다른 하루를 여행합니다.

날마다 처음 만나는 아침을 맞이하고,
날마다 처음 만나는 사람들을 스치고,
날마다 처음 만나는 저녁과 이별합니다.

날마다 다른 하루를 걷고,
날마다 다른 설렘을 경험합니다.

나만 걸을 수 있는 새로운 하루,
나는 날마다 새로운 하루를 여행하며 삽니다.

PART 4.

도란도란, 나의 이야기

아끼고
사랑하는 것은

걸음마를 시작한 아이에겐
부모의 보살핌이 절대적입니다.
스스로 걷게 하되 홀로 걷게 해서는 안 됩니다.
이제 처음 걸음을 시작했으니
조심히 살피고 도와야 합니다.

하지만,
스스로 걷기 시작한 이의 걸음에 대해서는
함부로 참견해서는 안 됩니다.

모두 자기 걸음으로 자기 인생을 살아갈 뿐
누구도 표준의 인생을 사는 것은 아닙니다.
백 명의 사람이 있다면, 백 종류의 걸음이 있습니다.

내가 먼저 걸어봐서 아는데
나처럼 걸어야 한다고 말하지 마세요.
모두 자기 인생의 길을 걸어갈 뿐
같은 길을 걷는 것이 아닙니다.

아끼고 사랑해서 하는 말이니
들으라고 강요하지 마세요.
아끼고 사랑하는 것은
현재의 모습을 긍정하는 것에서 시작합니다.
변화와 성숙은 중요하지만,
긍정 없는 요구는 사랑이 아닙니다.

아기를 향해 엄마는 웃습니다.
정말 밝게 웃습니다.
그리고 사랑한다고 말합니다.
정말 사랑하기에 사랑한다고 말합니다.

사랑하기에
엄마의 길을 걸으라고 강요하지 않습니다.
자기 길을 걸으라고 합니다.
뒤뚱거려도 괜찮다고 합니다.
넘어져도 괜찮다고 합니다.
우리 모두의 길은 그렇게 시작되었습니다.

함부로 조언하지 마세요.
돕고 싶다면 자기 길을 바르게 걸어가세요.
그 길이 멋있으면 따라갈 테니.

누구나 매일, 처음 걷는 낯선 인생길을 만나서 걷습니다.
당신도 그렇고,
나도 그렇습니다.

사랑하지 않고
사랑할 수 없다

그게 사랑일 수는 없다고 생각해
거절했던 사랑이 있습니다.

사랑에 서툰 이들은
자기보다 더 서툰 모습을 받아들이지 못합니다.

서툰 사랑도 사랑입니다.
서툴기에 사랑으로 보이지 않는다고 해도,
하지만 사랑입니다.

서툰 사랑을 볼 수 있어야
서툰 고백을 이해할 수 있습니다.

나이 먹는다고,
서툰 사랑이 성숙해지지 않습니다.
사랑은 사랑함으로 성숙해집니다.

완전한 사랑만을 기다리면
서툰 사랑은 계속 스쳐 지나갑니다.

가벼운 사랑,
그래서 사랑일 수 없는 사랑은
서툰 사랑이 아닙니다.
사랑이란 모습을 하고 있어도
사랑이 아닌 것들이 있습니다.

부족하고 서툰 것과
가볍고 왜곡된 것은 다릅니다.

진짜 사랑을 소중히 여기고
포기해서는 안 되지만,
완전한 사랑만 기다리는
사랑에 서툰 바보가 되어서는 안 됩니다.

사랑하지 않고
사랑을 알려고 하는 것은,
물에 들어가지 않은 채
수영을 배우려 하는 것과 같습니다.

사랑의 시작은 서툽니다.
사랑은 사랑함으로 성숙해집니다.

사랑하지 않고 사랑할 수 없습니다.

후회 없이
사랑했다

삶의 새로운 장면이 열릴 때
기대만큼 걱정이
기대보다 큰 두려움이
함께 자리를 잡습니다.

익숙한 그 자리를 떠나야만
새로운 자리에 설 수 있음을 알지만,
시선은 자꾸 익숙한 자리를 향합니다.

노래는 그 시대를 사는 이의 마음을
담아내는 그릇입니다.
제대로 된 노래는 그렇습니다.
그래서 자주 많이 부르고 듣습니다.

아무 걱정 하지 말라고 시작하는 노래,
혼자 노래하는 것이 아니라
함께 노래하자고 시작하는 노래.

이렇게 시작하는 노래를
자주 많이 부르고 듣는 까닭은 분명합니다.

지나간 것은 지나간 대로 의미가 있으니
후회 없이 꿈을 꾸었다고 말하라는 노래,
이제는 새로운 꿈을 꾸겠다고 말하라는 노래.

이렇게 끝나는 노래를
자주 많이 부르고 듣는 까닭은 분명합니다.

아픈 기억은 가슴에 깊이 묻어 버리세요.
떠난 시간은 떠나보내세요.
후회 없이 사랑했다고 말하세요.
슬픈 이야기는 훌훌 털어 버리세요.

지나간 것은 지나가게 하세요. 훌훌 털어 버리세요.

지나간 것은,
지나간 대로 의미가 있습니다.
지나간 대로 의미가 있을 뿐입니다.

내가 원하는 미래는
그냥 오지 않는다

시대가 변하니
새해를 맞이하는 모습도 변했습니다.
토정비결이 있던 자리에
미래예측이 자리를 잡았습니다.

지금보다 사정이 나아질까?
미래를 바라보는 마음은 불안합니다.
불안을 해소하기 위해
미래를 예측하는 소리에 귀를 기울입니다.

하지만,
미래를 예측하는 소리 속에서
나의 위치를 찾기가 쉽지 않습니다.
세상이 어떻게 될지는 알겠는데,
내 삶은 어떻게 될지는 알 수가 없습니다.

미래가 왜 이리도 궁금하고 불안할까요?
여러 까닭 있겠지만,
오늘 하는 일이 미래에도 쓸모가 있을지

오늘 하는 노력이
미래의 더 나은 나를 만드는 데 도움이 될지
알지 못해 궁금하고 불안합니다.

미래를 예측하는 소리는
세상의 미래가
나빠질 거라고 합니다.
나빠질 미래를
그저 따라가야 할까요?

정해진 것은 사회적 미래일 뿐
개인의 미래는 정해져 있지 않습니다.

개인의 미래는
매 순간의 판단과 선택,
노력으로 정해갈 수 있습니다.
오늘을 어떻게 사느냐에 따라
미래도 달라집니다.

미래는 애써 기다리지 않아도 오지만,
내가 원하는 미래는 그냥 오지 않습니다.
내가 원하는 미래는 내가 만들어야 합니다.
내가 살고 싶은 오늘을 살아야
내가 살고 싶은 미래를 살 수 있습니다.
내가 살고 싶은 오늘이 쌓여
내가 살고 싶은 미래가 됩니다.

정해진 것은 사회적 미래일 뿐,
개인의 미래는 정해져 있지 않습니다.

개인의 미래는...

매 순간의 판단과 선택, 노력으로
정해갈 수 있습니다.

오늘을 어떻게 사느냐에 따라
미래도 달라집니다.

더 커진 나를 만나는
나의 경주를 위해

결승점을 향해 달리는 경주처럼
앞만 보고 달려갑니다.
함께 달리는 이들은 경쟁자가 되고,
달리는 까닭이 무엇인지
달리는 목표가 무엇인지
제대로 묻지 않고 달리기만 합니다.

머물러 묻기에는 시간이 없다고,
머물러 살피기에는 여유가 없다고,
까닭은 경주가 끝난 후에 물어도 늦지 않다고,
지금은 그저 열심히 달리는 것이 중요하다고,
앞서 달려가는 이들을 따라가려고,
뒤에서 달리는 이들이 따라오지 못하게 하려고,
쉼 없이 열심히 달려갑니다.

다들 달려가는 경주인데 까닭을 물을 필요는 없다고,
무엇을 위한 경주인지 묻지도 않고,
결승점에 무엇이 있는지 살피지도 않고,
가장 먼저 도착하기 위해 달리기만 합니다.

나를 위한 경주인지 묻지도 않고,
나를 위한 여정인지 살피지도 않고,
가장 먼저 도착하기 위해 달리고 달립니다.

달리지 않으면 뒤처질까 봐 쉬지 못하고,
뒤처지면 따라갈 수 없을 것 같아
달리고 다시 달리고 쉼 없이 달려갑니다.

도착한 곳에 내가 없으면 어떻게 하려고
달리고 다시 달리고 쉼 없이 달려가는지
다른 이의 경주에 참여해 이긴들
도착하고 나면 다시 출발점으로 돌아와
나의 경주를 시작해야 합니다.

더 커진 나를 만나지 못하는 경주는
나를 위한 경주가 아닙니다.
나는 나를 위한 경주를 달려야 합니다.
더 커진 나를 만나는 나의 경주를 달려야 합니다.

초라한 첫걸음,

최고가 되기 위한 시작

모든 처음은 낯설고
기대보다 초라합니다.

어떤 분야이든
최고가 되기 위한 시작은
초라합니다.

한 걸음 한 걸음
처음부터 차근차근.

처음부터
높은 곳에 오를 수 없는 것처럼.

인생 또한
큰 성공을 위한 걸음은,
한 계단 한 계단
처음부터 차근차근.

최고가 되려면
생략 없이

한 걸음 한 걸음
처음부터 차근차근.

계속 높이 오르려면
한 계단 한 계단
처음부터 차근차근
걸어야 합니다.

첫걸음이 초라하다 해서
실망할 까닭도,
움츠러들 까닭도 없습니다.

최고가 된 어떤 이든
그 첫걸음은,
예외 없이 초라했습니다.

그들을 최고로 만든 첫걸음,
그리고
계속 이어진 다음 걸음들.

나를 최고로 만들 첫걸음,
그리고
계속 이어질 다음 걸음들.

최고가 되는 초라한 첫걸음,
그 첫걸음을 디뎠으니
멈추지 말고 차근차근 걸어가야 합니다.

아무리
좋아 보여도

지금 하는 일이
하고 싶은 일은 아니라고,
하고 싶은 일을 하기 위해
열심히 하고 있을 뿐이라고
말하는 이들이 많습니다.

하고 싶은 일이 무엇이냐고 물으면
찾는 중이라고 대답합니다.

주어진 일에는 신중하고 적극적이면서도
하고 싶은 일을 찾지는 않습니다.

기다리고 있으면 오지 않습니다.
찾지 않으면 찾을 수 없습니다.

지금 하는 일에서 시작해야 합니다.
하기 싫은 일, 하기 힘든 일,
피하고 있는 일, 피하고 싶은 일 정리하고
까닭을 찾아야 합니다.

지금 하지 않는 일이지만,
하기 싫은 일, 피하고 싶은 일 정리하고
까닭을 찾아야 합니다.

여기서 멈추면 안 됩니다.

지금 하는 일에서 찾아야 합니다.
계속하고 싶은 일,
하면 또 하고 싶은 일 정리하고
까닭을 찾아야 합니다.

지금 하는 일은 아니지만,
하지 않으면 정말 후회할 일 정리하고
까닭을 찾아야 합니다.

목록이 정리되면,
가장 중요한 질문을 해야 합니다.
나와 어울리는 일인지,
나다운 일인지 물어야 합니다.
아무리 좋아 보이는 일이라도
나와 어울리지 않으면
나의 일이 아닙니다.

지금 하는 일이
하고 싶은 일이 아니면
하고 싶은 일을 찾아야 합니다.
찾으면 찾을 수 있습니다.

익숙함의 함정에
빠지면

다른 곳보다 편안함을 느끼기에
내게 가장 좋은 환경이라고 생각합니다.
다른 일보다 쉽게 할 수 있기에
내게 가장 좋은 일이라고 생각합니다.

아닙니다. 그럴 수도 있지만, 아닙니다.

익숙하기에 편안함을 느끼고
익숙하기에 쉽게 할 수 있습니다.

가장 좋은 환경은
아직 만나지 못했을지도 모릅니다.
가장 좋은 일은
아직 만나지 못했을지도 모릅니다.

익숙함의 함정에 빠지면
오늘에 머물러
더 나은 내일로 나아가려 하지 않습니다.

익숙함의 함정에 빠지면
발전 없는 탁월함에 갇혀
더 나은 내가 되려고 하지 않습니다.

가장 좋은 환경은 낯설게 다가옵니다.
가장 좋은 일은 낯설게 다가옵니다.
이전에 만나지 못했기에 낯설게 다가옵니다.

나를 위한 최고의 환경,
나를 위한 최고의 일을 찾고 찾아야 합니다.

익숙함의 함정에 빠져 머물러 있으면
나의 삶은 한 뼘도 자라지 않고
오늘을 반복하며 익숙함만 더해 가고
새로움을 낯선 것이라 거부하며 살아가게 됩니다.

익숙함의 함정에서 빠져나와
매일 낯선 나와 만나야 합니다.
그래야 나의 삶이 완성을 향해 나아갑니다.

죽는 날까지 낯선 나와 만나는 여행이어야
날마다 나를 새롭게 살게 하는 여행입니다.

MONEY

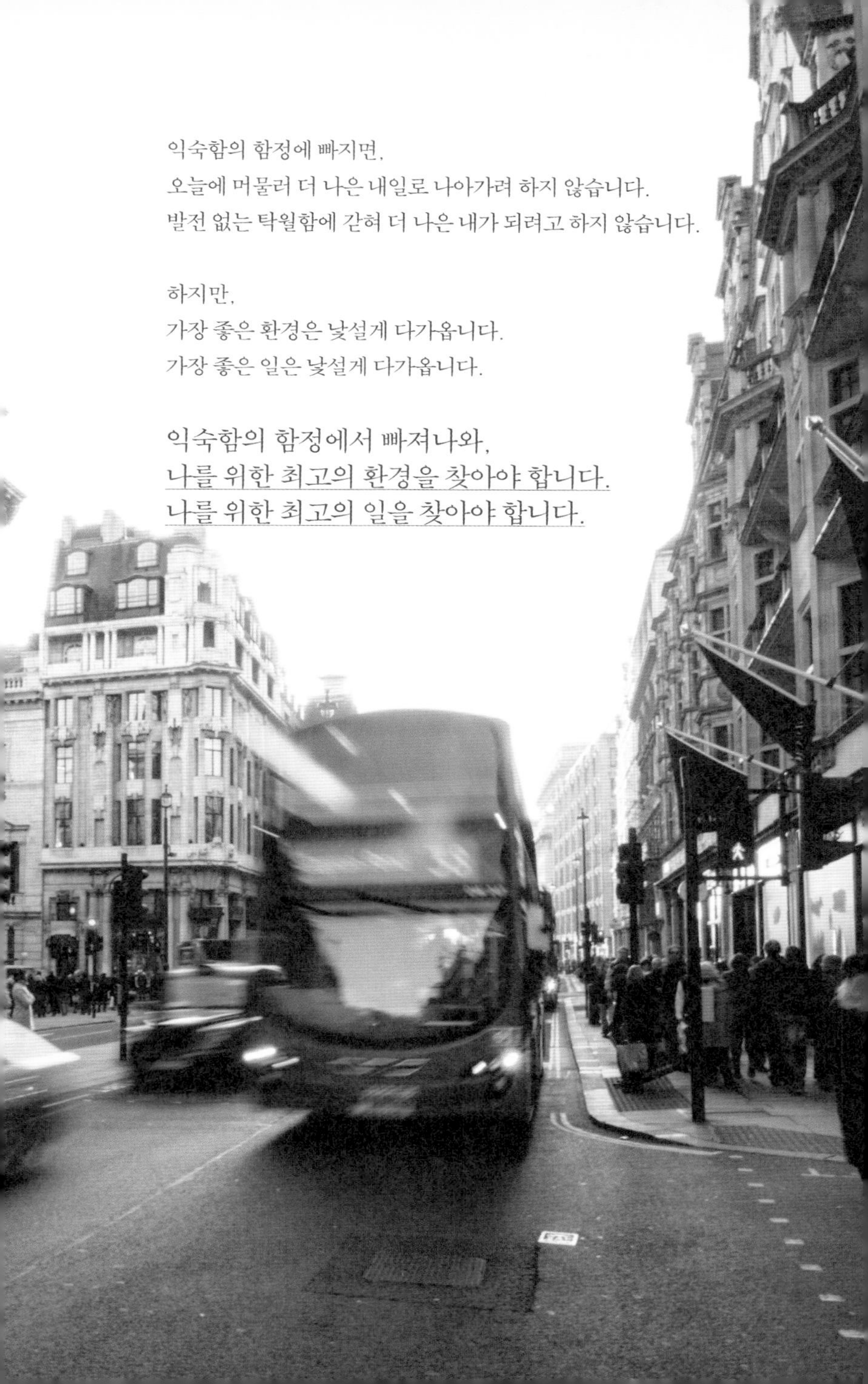

익숙함의 함정에 빠지면,
오늘에 머물러 더 나은 내일로 나아가려 하지 않습니다.
발전 없는 탁월함에 갇혀 더 나은 내가 되려고 하지 않습니다.

하지만,
가장 좋은 환경은 낯설게 다가옵니다.
가장 좋은 일은 낯설게 다가옵니다.

익숙함의 함정에서 빠져나와,
나를 위한 최고의 환경을 찾아야 합니다.
나를 위한 최고의 일을 찾아야 합니다.

두 가지 소리

무언가 하려고 하면,
두 가지 소리가 들려옵니다.
그 사람은 만나야 한다고, 그 사람은 만나서는 안 된다고.
그 일은 해야 한다고, 그 일은 해서는 안 된다고.
내 사랑이고, 내 일인데
내 밖에서 들려오는 두 가지 소리.

어느 소리를 들어야 할지
한 가지 소리만 있으면 좋을 텐데
두 가지 소리가 동시에 들려옵니다.
두 가지 소리 사이에서 갈등해야 하지만,
두 가지 소리가 있어야 합니다.

내 속에도 두 가지 소리가 있습니다.
긍정적 소리와 부정적 소리가 함께 있습니다.
긍정적 소리만 있으면 좋을 것 같은데,
부정적 소리도 함께 있습니다.
두 가지 소리가 함께 있어야만 합니다.

긍정적 소리가 잘 될 거라며
의욕과 활기를 불어넣는 추진기라면,
부정적 소리는 안 될 거라며
삶의 폭과 속도를 감소시키는 제동기입니다.

장밋빛 환상 속에서 무모하게 달려갈 때
속도를 줄이는 제동기가 부정적 소리이고,
슬럼프에 빠져 멈추어 머물러 있을 때
다시 달려가게 하는 가속기가 긍정적 소리입니다.

긍정적 소리가 사라지고
부정적 소리만 남으면 우울증에 빠지고
부정적 소리가 사라지고
긍정적 소리만 남으면 조증에 빠집니다.

두 소리 중 하나만 남거나 균형이 무너지면
내 삶도 균형을 잃고 무너집니다.

내 밖에서 들려오는 두 가지 소리가 있어야 합니다.
내 속에 들려오는 두 가지 소리가 있어야 합니다.

유통되는 행복,
내가 만드는 행복

삶에서 무엇이 가장 중요하냐고 물으면
행복이라고 말하는 이들이 많습니다.
행복이 무엇인지 저마다 다르게 정의하지만
모두가 행복을 위해 삽니다.

정치학 사전에서도 이렇게 말합니다.

인간에게 있어서
인생의 궁극적인 목표는 행복이다.
정치사상 중에서도 마찬가지로
현세의 행복을 고려하지 않는 것은
있을 수 없으며
플라톤이나 아리스토텔레스와 같은 고전적 체계에서도
행복(에우다이모니아)은 궁극의 목적이었다.

인간과 인생에 관련된 모든 것에는
행복이, 그리고 행복을 찾는 이야기가 있습니다.
소설, 수필, 영화, 드라마,
페이스북, 인스타그램, 블로그, 유튜브,

수다와 잡담, 보고서와 논문,
기업과 정부, 뉴스와 다큐멘터리에도
행복이, 그리고 행복을 찾는 이야기가 있습니다.

행복하기 위해 행복을 찾고,
행복하기 위해 행복을 이야기하는 사람들.

행복에 관한 수많은 이야기가 유통되고
행복에 관한 다양한 이미지가 유통됩니다.

유통되는 행복 중에 내 행복도 있을까 집중하며 찾습니다.
내 행복은 어떤 모습일까, 어떤 이야기일까
이것저것 비교하며 찾습니다.
만들어져 유통되는 행복은 다른 이의 행복이지
내 행복이 아닙니다.

내 행복은 내가 만들어야 합니다.
내게 딱 맞는 옷처럼
내 행복은 내 삶에 맞추어 만들어져야 합니다.
내 행복을 다른 이의 행복과 비교할 필요가 없지요.
내게 맞는 행복이면 됩니다.
내게 맞는 행복이 진짜 내 행복입니다.

유통되는 행복을 부러워하지 마세요.
내게 맞는 내 행복을 만들어 가면 됩니다.
누구보다 나를 잘 아는 내가 만드는 행복이
어떤 행복보다 내게 맞는 행복입니다.

익숙하지만 낯설고,
낯설지만 익숙한

일상을 떠나 낯선 여행지를 방문하면
걷기에 좋은 아름다운 길을 찾습니다.

길을 따라 걷다 보면
스치는 풍경이 사진처럼 기억에 담기고,
마음에는 흐뭇한 미소가 남습니다.

그러곤
꼭 걸었던 길을 돌이켜 걷습니다.

같은 길이지만,
돌아가는 길은 같은 길이 아닙니다.

시선이 달라지면
새로운 길을 만납니다.

익숙하지만 낯설고,
낯설지만 익숙한 새로운 길.

오늘 만난 하루도 그렇습니다.

어제와 같은 길을
다시 걷는 오늘은 없습니다.

익숙하지만 낯설고,
낯설지만 익숙한 새로운 길.

되돌이표를 만나
몇 마디 앞으로 돌아가 부르는 노래,
같은 음표를 따라 불러도 같은 노래는 아닙니다.
같은 노래를 해도 같은 노래는 아닙니다.

반복된다고 해서
같은 것은 아닙니다.

어제와 같은 오늘은 없습니다.
매일 새로운 오늘을 만납니다.

익숙하지만 낯설고,
낯설지만 익숙한 오늘.

다시 걸을 수 없는,
단 한 번의 새로운 오늘.

그래서 지겹지 않고,
새로운 나의 오늘입니다.

완벽한
주연의 삶

누구나 자기 인생길을 걷습니다.
누구나 자기 인생길의 주인공입니다.
누구도 자기 인생길에선 조연이 아닙니다.

하지만,

수많은 조연을 찾고 만들고
수많은 관객을 찾고 만들며
인생길을 걷는 이들이 있습니다.

자기만 주목받는
주연이어야 하는 이들.

그래서,

같이 걷는 이들은
철저히 조연이어야 하는
철저히 관객이어야 하는 이들.

주목을 독점하는 주연으로
살아야 하기에
완벽한 자기를 만들기 위해
과장과 허세, 자기 연민으로 채우고,
거리 두기로 차별과 신화를 만드는 삶을
직면해 바라보는 일은
버겁고 힘듭니다.

진짜 살면 그만입니다.
주목받지 않아도 됩니다.
자기 삶을 살면 됩니다.

나의 인생길에서는 내가 주연입니다.
내가 주연인 나의 인생길이기에
나의 삶을 살면 그만입니다.
그렇게 나의 삶을 사면
그것이 완벽한 주연의 삶입니다.

조연도 관객도 필요 없는,
조연이나 관객이 될 필요도 없는,
나의 삶을 살면 그만입니다.

자존감,
나를 지탱하는 기초

나를 존중하고 사랑해야 합니다.
소중히 여기고 무너뜨려서는 안 됩니다.
자존감은 나를 지탱하는 기초입니다.

나를 지탱하는 기초가 든든해야
비난이나 실수에도 흔들리지 않습니다.

자기를 소중히 여기지 않으면
까닭 없는 열등감에 빠지고
자기 실체와 별개로 남의 시선 의식하며
전전긍긍 살아갑니다.

실수는 누구든 합니다.
실수한 자기를 탓하지 마세요.
실수한 자기를 용서하세요.

잘 해내지 못할 거야 하지 마세요.
그러면 진짜 하지 못합니다.
잘 해낼 수 있다고 하세요.

나를 지탱하는 기초가 든든해야
힘들고 어려운 상황도 통과합니다.

내가 일을 잘한 건
이번 일이 쉬웠기 때문이라고 하지 마세요.
내가 시험을 잘 본 건
이번 시험이 쉬웠기 때문이라고 하지 마세요.

나를 인정하고 격려하고 칭찬해주세요.

자기를 소중히 여겨야
다른 이와도 소중한 관계를 맺습니다.

나를 긍정하는 힘이 넘칠 때
나를 둘러싸고 있는 상황이 부정적이어도
나다운 나로 살아갈 수 있습니다.

나를 지탱하는 기초가 든든해야
힘들고 어려운 상황도 통과합니다.

나를 인정하고 격려하고 칭찬해주세요.

자기를 소중히 여겨야

다른 이와도 소중한 관계를 맺습니다.

FOCUS BOOK
essentialiving

내향성과 외향성의 경계

디지털 미디어가 일상의 환경이 된 세상,
이러저러한 채널을 통해
자신을 알리고
자기 소리를 내는 사람이 많습니다.

적극적으로 자신을 알리고
자기 소리를 내는 것이 어렵지 않은
외향적인 사람이 대접받고,
자기 소리가 없어서가 아니라
자기 속으로 말하는 내향적인 사람은
무시당하고 차별받는 세상입니다.

하지만 완전히 외향적인 사람도
완전히 내향적인 사람도 없습니다.

누구나 예외 없이 한 사람 안에
내향성과 외향성은
함께 자리하고 있습니다.

내향적인 사람을
무시하고 차별하는 것은,
자기 속 내향성을
무시하고 차별하는 것입니다.

목소리 큰 사람만 이기는 세상,
자기를 알리고
자기 소리를 내는 사람만 주목하는 세상은,
자기와 타인을 무시하고 차별하는
반쪽의 세상입니다.

외향적인 자기,
자기 안의 외향성이 소중한 만큼
내향적인 자기,
자기 안의 내향성도 소중합니다.

내향성과 외향성의 경계를 넘어서야
자기도 타인도
온전히 소중히 대할 수 있습니다.

좋은 사람 코스프레를
그만두고

다들 버겁고 힘들게 사는 세상이기에
좋은 사람 있어야 살 수 있는 세상이기에
좋은 사람이 되려고 애를 쓰며 삽니다.

내 욕구나 욕심, 소망은 없는 듯 내려놓고
착한 아이, 착한 여자, 착한 남자, 좋은 사람이 되려고
애를 쓰며 삽니다.

착하지 않으면 사랑받지 못할 것 같아,
착하지 않으면 버림받을 것 같아
착한 아이, 착한 여자, 착한 남자, 좋은 사람이 되려고
애를 쓰며 삽니다.

타인의 말에 집중하고,
타인의 요구에 순응합니다.

듣기 싫은 말도 참고,
은근히 무시하는 말도 넘어가고,
무심코 던지는 돌멩이 같은 말도 삼키고
좋은 사람이 되려고 애를 쓰며 삽니다.

내가 착하게 행동하고 있는지 살피고,
나를 착하게 생각하는지 눈치 보며 확인합니다.
그러다 가장 중요한 나에게는
좋은 사람이 아니라 나쁜 사람이 됩니다.
남이 만든 기준에 나를 맞추다 보니
나에게는 맞지 않은 사람이 됩니다.

나를 질식시키며 살다간 진짜 내가 없어집니다.
모두에게 좋은 사람이기를 포기해도
나는 좋은 사람입니다.
타인을 생각하는 나는
이미 충분히 좋은 사람입니다.

한 명이 희생하고 맞추어가는 삶이 아니라
함께 노력하는 삶이 좋은 삶입니다.

모든 사람에게 좋은 사람이고자 하는 욕심이
나를 나에게 좋은 사람이 되지 못하게 합니다.

모든 사람에게 좋은 사람이고자 하면
좋은 사람 코스프레를 그만두고
좋은 사람으로 살면 됩니다.

좋은 사람이라고 불리지 않아도 됩니다.
좋은 사람으로 살면 됩니다.
좋은 사람이 되려고 하기보다는
좋은 사람으로 살면 됩니다.

세로토닌,
내 속에 있어 나를 이루는 존재

세로토닌, 낯선 이름이지만
내 속에 있어 나를 이루는 존재입니다.
주어진 삶에 적극적으로 참여하려는 의지와
관련된 호르몬, 세로토닌.

세로토닌이 제 역할을 다하지 못하면,
될 대로 되라, 어떻게든 지나가겠지 하는
체념의 태도를 보입니다.

통제할 수 없는 일 때문에 자주 불평하지요.
너무 춥다고, 너무 덥다고, 비가 와서 축축하다고,
눈이 와서 교통 체증이 심해진다고.
불평한다고 해서 날씨가 좋아지는 것도 아닌데도 말입니다.

삶은 공평하지 않습니다.
노력으로 통제할 수 없고, 원치 않는 일도 일어납니다.
누구에게나 얼마쯤 불공평한 것이 인생입니다.
누구나 항상 다 잘될 수는 없습니다.
그 속에서 굳건하게 살아갈 힘은 감사에 있습니다.

감사하는 마음을 자주 표현하면
세로토닌 수치가 올라갑니다.
감사할 일이 특별히 생각나지 않을 때조차
작은 것들에 감사하려고 노력하면 세로토닌은 증가합니다.

감사는 나의 몸과 마음을 성장하게 합니다.
고난이 닥쳐도 적응할 줄 아는 마음, 적응력을 강화해주고,
실제 몸의 건강에도 긍정적 영향을 미칩니다.

감사가 상황을 바꾸지는 않지만, 아주 많은 것을 바꿉니다.
감사할수록 세상을 보는 눈이 긍정적으로 변하니
보이지 않던 세상을 봅니다.
새로운 안경으로 고쳐 쓴 듯 보이지 않던 것을 봅니다.

감사해야 할 것들을 떠올릴 때마다
더 나은 삶을 위해 뛰어들게 하는 적극성의 호르몬,
내 속에 있어 나를 이루는 존재,
세로토닌은 증가합니다.

삶은 공평하지 않습니다.
누구에게나 얼마쯤
불공평한 것이 인생입니다.

그럼에도 굳건히 살아갈 힘은
'감사'에 있습니다.

갑질의 슬픈 이야기와
을질의 슬픈 이야기

수많은 갑과 을이 사는 세상입니다.

대기업이란 갑과 중소기업이란 을이,
거래처라는 갑과 납품업체라는 을이,
사장이란 갑과 직원이란 을이,
회사란 갑과 프리랜서란 을이 사는 세상입니다.

갑은 돈을 주고 일을 시키고,
을은 돈을 받고 일을 합니다.
돈을 가진 갑은 적고,
돈을 받고 일할 을은 많습니다.

갑과 을이 함께 살지만,
불공평한 상황이 만들어집니다.

갑질이 가득한 세상,
슬픈 이야기가 가득합니다.

갑의 뇌는 을을 공감하지 못합니다.
갑의 뇌는 거울신경이 작용하지 않습니다.
을을 자기 의지대로 조정하는 권력의 쾌감을 즐깁니다.
도파민 수치는 높아만 가고, 권력 중독에 빠집니다.
갑질이었음을 뒤늦게 인식했더라도
어쩔 수 없었다고, 누구라도 그렇게 행동할 것이라고,
그렇게 행동해도 되는지 알고 있었다고,
힘들었을 을은 헤아리지 않고, 자기만 정당화합니다.

갑과 을로, 물리고 물리는 세상.
사원은 과장의 눈치를 보고,
갑질하는 과장은 을로서 팀장을 모시고,
팀장은 임원을 떠받들며 스트레스를 받고,
임원은 사주에게 을이 됩니다.

나이 많은 갑은
나이 어린 을의 기분을 고려하지 않고 함부로 말합니다.
그렇게 막말을 하면서도 예절이 중요하다고 합니다.
조직의 갑은
을에게 사적인 심부름을 시키고도
따라 주지 않으면 조직에서 쫓아냅니다.

뫼비우스의 띠를 따라 갑질이 이어지는 세상.
종로에서 뺨 맞은 을은 한강에 가서 갑질을 합니다.
자신보다 약한 을을 찾아 갑질을 합니다.

갑질의 슬픈 이야기는
을질의 슬픈 이야기로 이어집니다.

을은 병에게 을질합니다.
프랜차이즈 본사에 갑질을 당한 가맹점 주인은
아르바이트 직원에게 을질하고,
대기업에 갑질을 당한 중소기업은 하청업체에 을질합니다.

에이브러햄 링컨은 다음과 같이 말했습니다.
진정으로 그 사람의 본래 인격을 시험해 보려거든
그 사람에게 권력을 쥐여줘 보라.

내가 진짜 누구인지 살펴보세요.
갑일 때 나는 어떤 사람인지
을일 때 나는 어떤 사람인지
진짜 나를 만나고,
나에게 부끄럽지 않은 내가 되어야 합니다.

잘못에 감염된
좀비가 되어

오래된 수도원의 원장은 알코올중독자였습니다.
모두가 그것을 알고 있었지요.
하지만 누구도 수도원장의 행실을 문제 삼지 않았지요.
결국 수도원 전체가 위기에 빠졌습니다.
다른 수도사들마저 알코올중독에 빠져들고 말았습니다.

사람들은 착각합니다.
조직과 나는 떨어져 있다고.
조직에 속해 있으면서도
조직에 있는 문제와는 상관이 없다고.
그러다 자기 속에서 그 문제를 발견하고서는
이미 늦어버린 후회를 합니다.

늦은 후회에는 불평이 함께합니다.
내가 이렇게 된 것은 조직 때문이라고
내가 이렇게 된 것은 그 사람 때문이라고.

아닙니다.
내가 이렇게 된 것은,
조직 때문도, 그 사람 때문도 아닙니다.
나를 지키지 못한 내가
나를 이렇게 만들었습니다.

잘못을 보면서도 어쩔 수 없는 일이라고,
잘못을 보면서도 다 그런 거라고,
잘못을 잘못이라고 지적하지도 않았고,
잘못을 잘못이라서 피하지도 않았습니다.

그러다 잘못에 감염된 좀비가 되어
잘못을 퍼뜨리며 또 다른 이들을 좀비가 되게 했습니다.

지금 내가 누구인지,
지금 내가 어떻게 살고 있는지
제대로 따져보고, 제대로 살펴보아야 합니다.

무엇을 탓하지 말고
무엇에 기대지 말고
나다운 나로 살고 있는지 나를 살피고
나다운 나로 살기 위해 나를 찾아야 합니다.

낯선 첫걸음

앞서 걸었던
여러 걸음이 있었지만,
인생의 걸음은 익숙해지지 않습니다.
늘 낯선 첫걸음입니다.

매일 새로운 오늘,
그 새로운 오늘을 걷는 낯선 걸음.
익숙해지기보다는
점점 더 낯선 걸음.

오랜 습관처럼 익숙하지만,
하루 더 낯설어진 걸음.

그래서
이전 걸었던 걸음보다
오늘 걷는 걸음이
더 조심스럽습니다.

용기 없어서가 아니라
잘못 걷고 있어서가 아니라
길을 잃어서가 아니라
새로운 길을 만나
낯선 걸음을 걷고 있어서
두려움과 함께 걷습니다.

직선으로 잘 정비된 길을 걷듯
인생의 걸음을 이어가고 싶은데,
인생의 걸음은
굽이굽이 자연을 따라 흐르는 강물처럼
이런저런 장애물에 부딪히며
이리저리 흔들리며 이어집니다.

그 어떤 인생의 걸음도
흔들림 없이 이어지지 않았습니다.
그 어떤 인생의 걸음도
낯섦 없이 이어지지 않았습니다.

모든 걸음이
흔들리는 낯선 걸음이었습니다.

낯설다고 돌아서지 마세요.
흔들린다고 포기하지 마세요.

조율,
나다움에 맞추어 내가 되는 시간

새롭게 결심하고,
강하게 다짐하고,
열심히 달려가려고 하면
하필 그때
방해물이 나타납니다.

염려와 두려움으로 채워진 마음.
치료와 휴식이 필요한 몸.

왜 하필 지금인지 물어보면
지금일 수밖에 없는 까닭이 보입니다.

달리기만 했지
채움도 휴식도 없었던
마음과 몸.

곰곰 생각해보니
이렇게 멈추어 선 것이 다행입니다.

많은 것을 얻기 위해 달려왔는데
제일 중요한 것은 잊은 채 달려왔습니다.

내게 나는 누구였을까요?
내게 나는 무엇이었을까요?

가장 중요한 질문과
가장 중요한 행동을 잊은 채
그저 달려왔던 시간들.
그 시간들이 쌓여
지금 이렇게 멈추어 선
나의 몸과 마음이 되었습니다.

멈추어 선 시간이기에
찾을 수 있는 시간.

조율,
나다움에 맞추어 내가 되는 시간.

이제 앞으론 나를 잊지 않고
나다움의 나로 걸어가야 합니다.
가장 소중한 나와 함께 걸어가야 합니다.

에필로그

사람의 온기가 점점 식어가는 세상입니다. 대면하지 않아도 연결되는 세상이다 보니 굳이 만나려 하지 않습니다. 홀로 살기에도 버거운 세상... 자기 한 몸 챙기며 사는 이들이 많습니다. 그렇게 떨어져 살아가다 보니 한 사람의 온기도, 세상의 온기도 내려갑니다.

모두가 소중한 사람입니다. 단 한 사람도 소중하지 않은 사람은 없습니다. 소중한 존재이기에 소중하게 대해야 하고, 소중하게 만나야 합니다. 우리는 서로에게 소중한 존재입니다. 우리는 홀로 살지만 홀로 살 수 없습니다. 떨어져 살지만 떨어져 살 수 없습니다. 홀로 살 수 있음을 따져보면 함께하는 이들이 있어 가능함을 발견합니다. 보이지 않는다고 존재하지 않는 것이 아닙니다. 부딪히지 않는다고 연결되어 있지 않은 것이 아닙니다. 인생이란 길을 홀로 걷는 것 같지만 우리는 함께 걷고 있습니다.

인생이란 길에서 내가 나로 살아갈 수 있음은, 나로 살아가려는 수많은 내가 있기에 가능합니다. 나에게 그리고 또 다른 수많은 나에게 우리는 소중한 사람이 되어야 합니다. 자기를 사랑하지 못하면 아무것도 사랑할 수 없습니다. 우리는 자기에게 좋으면 다른 이에게도 좋을 것이라 여기며 다른 이에게 다가갑니다. 결국, 자기에게 좋은 것을 주지 않으면 다른 이에게도 좋은 것을 나누어 줄 수 없습니다.

나를 참으로 소중히 여기고 사랑하는 내가 많아져야 세상은 살 만한 곳이 됩니다. 식었던 온기도 올라갑니다. 그저 자기만 챙기는 왜곡된 사랑은 제대로 된 사랑이 아님을 우리는 이미 알고 있습니다. 나 살자고 주변을 헤치면 내가 살 토대가 무너지고, 주변이 다시 살아나도 나는 살지 못합니다.

나에게 그리고 수많은 나에게 작은 이야기들을 전합니다. 모두 이야기보다 멋진 인생을 사는 내가 되었으면 합니다. 작은 이야기들이 나의 온기를, 세상의 온기를 조금이지만 올릴 수 있기를 기대합니다.

수많은 나를 향해 이렇게 이야기하고 싶습니다.

"오늘도 수고 많으셨습니다.
이미 당신은 충분히 소중한 사람입니다.
소중한 당신을 위해 사십시오.
세상은 당신이 있어 오늘도 행복했습니다!"